にわか令嬢は王太子殿下の雇われ婚約者８

香　月　航

W A T A R U　K A D U K I

一迅社文庫アイリス

CONTENTS

1章　新米王太子妃は苦悩中　8
2章　勤め先は心霊物件ですか？　54
3章　最高の助っ人と幽霊もどきの謎　101
4章　思い出と共に眠るものは　146
5章　初代騎士王ロッドフォード　193
終章　再来の騎士王とにわか令嬢の未来へ向けて　249
番外編　普通じゃない二人を支える普通じゃない人々　259
あとがき　280

にわか令嬢は王太子殿下の雇われ婚約者

Character

レナルド

公爵家の長子。
王太子の補佐官を務めている美青年。

グレアム

リネットの実兄。
美少女顔のため女装が似合う「梟」の頭領。

カティア

王妃の女官。
傍付きのいないリネットを支えてくれる頼れる女性。

ミーナ

グレアムの部下の一人。
期間限定でリネットの侍女となってくれた女性。

Words

ロッドフォード王国

魔素が極めて少ない山岳地帯の国。魔術師になれない者たちによって建国されたため、剣術を修めている者が多い。

梟（ふくろう）

初代騎士王を陰から支えた暗殺者集団。現在は諜報活動部隊として活躍している。

アイザック

ロッドフォード王国の王太子。

剣術に優れ、『騎士王の再来』と高く評価されている。

魔術の才能にも恵まれており、そのせいで無意識に女性を近づけないようにしていた過去がある。現在は、魔力の制御も習得している。

リネット

辺境の貧乏伯爵家の娘。

王城の掃除女中をしていたのに、いつのまにか王太子の婚約者役をすることになり、ついには王太子妃になってしまった少女。

家事や掃除や狩りは得意だが、淑女らしい仕草は大の苦手。

目がとても良い。

イラストレーション◆ねぎしきょうこ

にわか令嬢は王太子殿下の雇われ婚約者 8

Niwaka Rady is employed as the Prince's fiance. 8th.

1章　新米王太子妃は苦悩中

ロッドフォードの山々が雪化粧を脱ぎ、鮮やかな彩りを取り戻す季節がやってきた。

のんびり巣ごもりをしていた貴族たちも、動物たちの目覚めに倣うように慌ただしく動き出し、報せを出したり催し事を企画したりと、とにかく大忙しの日々になる。

実際に眠っていたわけでもないのに、休んだ時間を取り戻そうとするのだ。

その気合いの入り方は、正に冬眠から覚めたばかりの熊のようだと毎年揶揄されるほどである。ここロッドフォード王城にも、連日多くの貴族たちが訪れていた。

そして、そんな彼らにとって最も重要な催事の一つが、本日、王城の中庭にて開かれようとしている。

広大な庭の全てを開放し、国中の貴族を招いて行われる春の宴……そう、リネットは二度目の参加となる一大行事『園遊会』だ。

国王ではなく王妃が主催するこの宴は、花を愛でて楽しむ憩いの集いであると同時に、冬の間会えなかった者たちとの再会と、新しい出会いの場として最大の規模を誇る。

良い縁を望む若者たちはもちろん、全ての招待客がこの日を待ちわびて、入念な準備をしてきたことだろう。

「今年も本当にきれいに咲いてるなぁ」

中庭の一角を埋めるほどに咲き誇る、美しい薔薇の輪郭をなぞりながら、リネットは感嘆のため息をこぼした。

毎日しっかりと手入れされている花々は、花弁の一枚一枚まで輝いていて眩しいぐらいだ。上品な香りも心地よく、招待客が訪れるのを今か今かと待ち望んでいるようにも見える。

正しく、地上の楽園と呼ぶに相応しい会場だ。ここに盛装した淑女たちが並べば、きっと夢のような景色になるに違いない。

「会場の準備も完璧ね。さすがだわ……」

ちらりと視線を横へずらせば、等間隔に用意された立食テーブルが目に入る。かけられた真っ白なクロスにはシミ一つなく、さりげなく布端を飾る刺繍が趣味の良さを表わしている。

もちろん、花を楽しむのに邪魔にならない配置で、通路は広めだ。さらに、歩きやすいように地面は平らに整えられている。淑女たちの靴のヒールがひっかからないようにという、細やかな気配りだ。

昨年はとにかく〝粗相をしないように〟とばかり考えていたせいで気付かなかったが、こうして会場のほうに目を向けてみると、隅々まで配慮されているのがよくわかる。

全ては、参加者全員が何の憂いもなく、園遊会を楽しむために。

(毎日ご公務もあるのに、すごいわよね)

準備をしてくれた城の者たちや、花を最高の状態で咲かせてくれた庭師たちの腕も素晴らしいが、何よりすごいのは彼らを統括する主催の王妃だろう。

百を超える人数を招いた会場を、彼女は同じぐらい多くの人数を動かして整えている。

それは、ここ数か月リネットが悩んでいることの一つ、〝人の上に立つ者の能力〟だ。

(よく『指示をするだけの人は楽だ』なんて言われるけど、とんでもないわよ)

その立場の難しさは、実際になってみないとわからない。何せ、どれだけ優秀な部下がいたとしても、上がダメなら全部がダメになる可能性もあるのだ。

(指示をされて動く側のほうが、ずっと楽だわ)

元々リネットは、貴族とは思えないほど貧乏な実家に生まれたことで、働くこと自体には慣れている。

行儀見習いとして城にあがってからも、左遷されてうっかりお掃除女中になってしまってからも、仕事内容で困ることはなかった。誰かに指示をしてもらって、従えばいい立場だったからだ。

もちろん気を配る必要はあったが、あくまで自分の仕事に対してだけである。全体を見なければならない主催者とは、難しさの桁が違う。

けれど、今のリネットは一城仕えではない。

最愛の人と結ばれて得た肩書きは、王太子妃――すなわち、遠くない未来に、リネットは王妃の場所に立つことになるのだ。人々を束ね、指示を出す側の人間として。

苦手だと言っていられる時間は、とっくに終わっている。すごいなあと見惚れていられるだけの時間も同様だ。

この立場になることをわかっていて、それでも恋心を優先したのは自分自身なのだから。

変わるために、動き始めなければならない。最愛の人との未来のために。

「……浮かない顔だな」

そんなことをつらつらと考えていれば、ふいに背中側が温かいものに包まれた。

ふわりと香る、花とはまた違う落ち着く匂い。背筋に響く低い声を、リネットが聞き間違えるはずもない。

「アイザック様！」

ちょうど考えていた最愛の人の登場に、つい声が弾んでしまう。

たくましい腕がリネットのお腹に回されると、触れたところが全部温かい。後ろから抱き締められているとわかれば、勝手に頬が緩んでしまった。

「緊張しているのか？」

「それもあるんですけど」

ゆるりと腕に促（うなが）されるまま、彼のほうへと向き直る。

国王譲りの燃えるような赤い髪がさらりと流れ落ちて、王妃譲りの紫水晶の瞳は、いっぱいにリネットの顔を映している。

〝獅子（しし）王子〟とも称（たた）えられる旦那様は、今日も誰よりも素敵だ。毎日見ていても、いつだって見惚れてしまう。

「他に何かあったか？　今ならまだ、準備も間に合うと思うが」

右手がお腹からリネットの頬へと移動して、壊れ物に触れるように撫（な）でてくれる。

剣士特有の皮の硬い手は大きく、少しかさついた感触すらも愛（いと）おしい。気を抜いたら、好きな気持ちが胸を破って溢（あふ）れ出しそうだ。

「そういうものではないので、大丈夫ですよ。ありがとうございます」

そっと手のひらにすり寄ると、頭上のアイザックから安堵（あんど）したような小さな息が聞こえる。

きっとリネットが何かを頼めば、彼はすぐにでも動いてくれるだろう。

心遣いを嬉（うれ）しく感じるのと同時に、そろそろ心配されないようにならなければとも思う。婚約者の頃ならまだしも、もう結婚してから何か月も経（た）っているのだ。

「大丈夫ならいいが、何か悩みがあったら遠慮せずに言ってくれ。今日は久々に、自国の貴族たちの相手をしないといけないからな」

「そうですね。きっと皆さん、気合いを入れていらっしゃるでしょう」

「こちらは気が滅入る話だ」

面倒くさそうな様子を隠しもしないアイザックに、リネットも少しだけ笑いをこぼす。

冬の間社交ができなかった貴族たちにとって、今日はある意味決戦の日だ。特に、王都から遠い土地を治めている者は王城に招かれる機会など滅多にないので、さぞ気合いを入れてやってくるだろう。

迎える側としても、相応の覚悟をしなければ勢いに呑まれかねない。

「まあ、怒られない程度には真面目にやろう。それにしても、今年のリネットのドレスは、去年とは真逆のものにしたんだな」

「あ、確かに」

アイザックの左手が、そっとドレスの生地を撫でる。

今日リネットが着付けてもらったドレスは、彩度が低めの赤紫色のものだ。

裾こそ広がる形をとっているが、上から下まで一本の線で描けるストンとしたシルエットで、露出も少ない。また、フリルやレースといった装飾があまりないため、ぱっと見ただけでは地味に感じるかもしれない。

しかし、生地は最高級品であり、よく見ると全体に繊細な刺繍が施されている〝わかる者にはわかる特別な一品〟なのだ。

昨年のドレスは若者が好む桃色の生地で、かつリボンやフリルをふんだんに使った意匠だったので、アイザックの言う通り真逆の印象を受けそうだ。

なお、アイザックは銀刺繍の入った紺色（こんいろ）の上着に深紅（しんく）の外套（がいとう）を合わせた、いつも通りの軍装である。着飾ることよりも、自分がどういう存在であるかを大事にしたいらしい。……単に盛装が面倒だから、ではないと思いたい。

「もしかして、このドレス似合ってないですか？」

「まさか、俺のリネットは何を着ても似合うぞ。ただ、もし結婚したから大人（おとな）しい装（よそお）いを選ぶようになったのだとしたら、気にしすぎるなと伝えたいだけだ」

頬に触れていた右手の指先が、リネットの後頭部をなぞるように動く。ありふれた茶色の髪も、今日は編み込みをして結い上げられている。

今までの毛先を巻いて背に流す形と比較すれば、やや大人っぽい髪型だ。確かに、ドレスと併せて背伸びをしているように見えなくもない。

「俺は流行には詳（くわ）しくないが、リネットはリネットが好む装いをしてくれればいい。肩書きが変わったからといって、気にしなくていいんだぞ？」

「あ、ありがとうございます」

先ほどとは違い、真剣な表情でリネットを案じてくれるアイザックに、若干（じゃっかん）の申し訳なさを覚える。……実は彼が考えてくれるような理由が、全くないからだ。

ちなみに、今日着ているドレスも、昨年同様に王妃が用意してくれたものである。夜会での最先端というわけではないが、傾向を押さえた上で公の場に相応しいドレスだ。

（流行か。一応私も調べているけど……）

正直なところ、あまり気にしていない。

無論、王太子妃として恥ずかしい装いをするつもりはないが、幼少より培った貧乏性はそう抜けるものではないのだ。流行が変わる度にドレスを新調するような浪費癖には、これからも縁がないと思われる。

ましてや、今日のドレスは王妃がリネットのために選んで贈ってくれたものだ。

不満を覚えるはずもなく、万が一流行遅れのものだったとしても、リネットは喜んで着ただろう。もっとも、王妃が変なものを選ぶはずないので、ありえない『もしも』だ。

（素敵なドレスが嬉しくて、浮かれながら着付けてもらったのよね。でも、装い一つでも理由を案じられることがあるのなら、もっと気をつけなきゃ）

もしかしたら、今年のドレスが大人っぽい意匠なのは、昨年の桃色のそれを幼稚だと揶揄されたことが王妃の耳にも入ってしまったからかもしれない。

あの件はリネットを貶すことが目的であって、ドレスはあまり関係なかったのだが……王妃が気にしてしまったのなら申し訳ない話だ。本人が全く気にせずに浮かれていたことも、色々といたたまれない。

リネットはこっそりと拳を握ると、改めて気を引き締める。

せめて堂々と立って、優しい人々に気遣いをされないようにふるまわなければ。それが今の自分にできる、最大限の礼だと思われる。

さあ、人生二度目の春の宴の始まりだ。

——そんな、何とも言えない始まりだった園遊会だが、リネットが想像していたよりも何倍も穏やかに進行していた。

（もっとこう、私に厳しい目を向けられたりすると思っていたんだけど）

挨拶に訪れてくれた者たちは皆、にこにこしながらアイザックとリネットのことを祝福し、なんなら仲睦まじい様子を喜んでくれたぐらいだ。

多少はダメ出しをされるかと思いきや、そういうものは全くない。

皆、心から今日の催しを楽しみ、歓談に勤しんでいる。社交界を知り尽くした当主たちも、妙齢の娘たちも皆である。

隙あらば他人の足を引っ張ろうとする貴族たちの集まりで、こんなにゆったりとすごせるとは夢にも思わなかった。

（行儀見習いの小さな集まりですら、蹴落とし合いが激しかったのに）

リネットがお掃除女中へ左遷された理由も、正にそれだ。アイザックと出会えるきっかけになったので今ではありがたいぐらいだが、お世辞にも優しいとは言えない世界だった。

「信じられないものを見たような顔をしているな、リネット」

「はっ、すみません！」

　アイザックの笑い交じりの声に、リネットの頭が現実に戻される。予想していたよりも対応が楽だったせいか、彼はなかなか上機嫌だ。

「まさか、こんなに平和に会が進行できるとは思ってなかったので」

「まあ、そうだな。これだけの人数が集まって、牽制合戦の一つも起こっていないのは珍しい。いつもこうだと俺たちも楽なんだが」

　アイザックがちらりと視線を向けた先では、いかにも貴族然とした男性が和やかに談笑している。常ならばすぐにわかる腹を探り合うような空気も、今日は全く感じられない。

「やっぱり、アイザック様が結婚して、王太子妃の座を奪い合う必要がなくなったからでしょうか？」

「理由の一つではあるかもな。俺がリネットを心から愛していることは見ればわかるだろうし、我が国の民は、王族に二心を望むようなことはしない」

「……は、はい」

　不意打ちで愛を告げられて、ぽっと頬が熱くなる。彼の想いはもちろん嬉しいが、この国の人々が王族に一途な愛を望むのは、アイザックに限った話ではない。

　世継ぎのことを考えれば国王は多くの妻を娶るほうが良いし、実際に周辺諸国は重婚を推奨しているのだが、騎士が興したこの国は騎士道精神に則った純愛を好むのだ。

特にアイザックは〝騎士王の再来〟と謳われる腕利きの剣士でもあるため、らしい姿を見せるとなおさら喜ばれる。

それは、彼の唯一に選ばれたリネットにとっても、最高の幸運であり栄誉である。

（でも、それだけが理由で大人しくなってくれるほど、貴族たちは甘くないわよね。だったら、今日は一体何が……）

「リネット様！」

リネットが考えようとした矢先に、鈴を転がすような愛らしい声に呼びかけられた。

反射でふり返れば、にこにこと笑みを浮かべる一組の男女がこちらに近付いてくる。腕を組んで歩く姿は幸福感に溢れていて、見ているほうが照れてしまいそうだ。

リネットを呼んだのは女性のほうで、ゆるく波打つ青みの強い黒髪と、優しげな翡翠の瞳が印象的な令嬢だ。

胸下から切り替える形の薄青色のドレスも、彼女の儚げな容姿にとても合っている。月の下で出会ったならば、誰もが美しい妖精だと錯覚するだろう。

その美少女をエスコートしているのは、アイザックによく似た鮮やかな赤髪の男性だ。鋭い茶色の目と凛々しい顔立ちは、今の国王を彷彿とさせる。

容貌に王家の血を色濃く受け継ぎながらも、へにゃりと下がった眉と害のなさそうな表情が、彼が軍人ではなく頭脳職なのだと教えてくれている。

「ようこそお越し下さいました。シャノン様、マテウス様」

リネットが裾を掴(つか)んで歓迎を示せば、彼らもお手本のような所作(しょさ)で返してくれる。

女性のほうはリネットの友人であり、〝王太子妃の相談役〟を務めるハリーズ侯爵令嬢シャノン。男性のほうがアイザックの従弟(いとこ)であり、今は部下でもあるファロン公爵令息マテウスだ。

どちらもリネットたちにとっては欠くことのできない、大事な仲間である。

「お元気そうで何よりです、リネット様。隣国から戻られてすぐに園遊会とは、本当にご多忙ですね」

「そうですね……当日までに帰ってこられてよかったです」

こちらを気遣うようなシャノンに、リネットも苦笑を返す。

彼女の言う通り、実は園遊会が開催されるほんの数日前まで、リネットたちは隣国マクファーレンへ赴(おもむ)いていた。

それも、ロッドフォードとの親善大使を務める第一王女ソニアの立太子式典へ招待された訪問である。つまりは、王太子夫妻としての公務だ。

といっても、ソニアもまたリネットにとって大切な友人なので、純粋にお祝いをしたかった気持ちのほうが強い。

また、式典当日以外ではかなり自由にすごしていたので、心配されるほど疲れてはいないのが事実だったりもする。

「どうか、ご自愛下さいませね。わたくしにお手伝いできることがあったら、何でもおっしゃって下さい」

「ありがとうございます、シャノン様。私は体の丈夫さが取り柄なので元気ですよ！」

「それなら良いのですが」

ほっと小さく息をこぼす姿も可憐で、同性ながらつい見惚れてしまう。元野生児のリネットよりも、シャノンが体を労わったほうがよさそうだ。

「そうだマテウス、お前にも礼を伝えてなかったな」

そんなリネットの後ろからひょこっと顔を覗かせて、アイザックが会話に交じってくる。続けて、彼はマテウスに向かって静かに頭を下げた。

「……え、ええ？」

王太子の突然の礼に、マテウスのほうが困惑気味だ。

「礼なんて、えっと……？」

「俺が不在の間、立派に代理を務めてくれただろう。ありがとう、マテウス。お前に任せて本当によかった」

「あ……」

顔を上げたアイザックがにっと歯を見せて笑うと、マテウスも嬉しそうに微笑む。

今回のマクファーレン訪問は、いつも代行を任せている側近のレナルドも連れていったので、留守を任せられる人物はとても貴重だったのだ。

それも、往復路だけでも二十日を要するような、決して短くない期間である。

王弟の子息という確かな立場ももちろんだが、机仕事を得意とするマテウスがいてくれたことで、脳筋気味のアイザックの部下たちも困ることなく部隊長不在を乗り切ることができたのだろう。

「ハリーズ侯爵令嬢も、マテウスを支えてくれて感謝するぞ」

「もったいないお言葉です、殿下。わたくしも、マテウス様に会いに行く大義名分をいただけて、とても幸せでした」

「シャノン……」

シャノンがマテウスにそっと寄り添うと、彼も少しだけシャノンのほうに頭を傾ける。

シャノンもアイザックが不在の間、生活習慣が乱れがちのマテウスに食事を届けたりして、彼を支えてくれていたそうだ。

一応は両家が決めた政略婚約の二人だが、シャノンはそのために生きていると言えるほど彼に惚れ込んでいるし、マテウスもまた、シャノンのために学者という生き方を選んだほど彼女を大切に想っている。

高位貴族でありながら、二人はちゃんと想い合う恋人同士なのだ。

「それに、今回の園遊会のご招待も、本当に感謝しております」

「え？」

笑みを深めたシャノンに、リネットのほうが目を瞬く。彼女もマテウスも園遊会に招待されて当然の立場だ。社交辞令以外でわざわざ礼を言うようなことではない。

アイザックも無言で理由を訊ねると、白い頬をぽっと桃色に染めたシャノンはとても幸せそうに答えた。

「実は園遊会の招待状が、わたくしとマテウス様の連名になっていたんです」

「連名？　お二人はまだ婚約段階ですよね？」

「はい。きっと王妃様がお気遣い下さったのでしょう」

にこにこと微笑むシャノンは、本当に嬉しそうだ。

連名で招待を受けるのは、リネットたちのような夫婦関係であることが一般的だ。婚約段階では解消の可能性もあるため、普通に考えれば連名なんて失礼になりかねない行為は慎むはずだが……。

(王妃様は二人が夫婦になると信じて、そんな招待状を書いたってことかしら)

マテウスも頷いているので、両家に届いた招待状が連名だったようだ。この二人が別れるなどまずありえないとは思うが、それにしても大胆な策をとったものだ。

「もしかしたら、マテウスを最後まで出席させるためにそうしたのかもな」

「あ、なるほど」

ぽつりと呟いたアイザックに、リネットもピンとくる。

学者として勤めていた頃のマテウスは夜型生活をしていたため、昼の催事は参加必須のもの以外には出てこなかったのだ。

だが、王妃から『シャノンをエスコートして参加しろ』と言われれば、挨拶をしてすぐ帰るなんてふるまいはできなくなる。

「王妃様はさすがですね」

「ええ、本当に。おかげで、素晴らしいお庭の景色と共に、マテウス様の麗しいお姿を堪能させていただいております！　正装のマテウス様とご一緒できる機会はなかなかありませんので、本当に貴重なのです。それに、マテウス様には春の淡い色の花がとてもよく似合っていて……神秘的なご容姿と相まって精霊のようですわ」

(それを言うなら、シャノン様のほうがそれっぽいと思うけど)

儚げで愛らしい容姿のシャノンは、マテウスにかかわる発言さえなければ、誰もが見惚れるような美少女だ。ややきつめの容貌のマテウスよりは、彼女のほうがはるかにその形容が似合うだろう。

「多くは口にせず、目で語る謙虚なところもぴったりです。もしやマテウス様は本当に、地上に降りてきて下さった神聖なるお方なのかと不安になってしまいますわ。でしたらわたくしは、貴方様を天上へ帰さないための足枷ですもの……」

「いや、こいつは単に喋るのが苦手なだけだし、普通に人間だぞ」

話が壮大になってきたので、さすがにアイザックが制止してみるものの、自分の世界に入ったシャノンにはあまり聞こえていないらしい。はあ、と何やら意味深なため息をこぼしながら、切なげに遠くを見つめている。

ちなみに、語られている当のマテウスは『何の話か理解できない』といった表情で、顔をぶんぶん横にふっている。いつの間にか神代の存在にされてしまっているので、相手が婚約者でもわからないのは無理もない。

「咲き誇る花々を愛おしげに見つめるその横顔に、わたくしは本日、また恋をいたしました。ですがどうか、お許し下さいませ。貴方様がどれほど希おうとも、わたくしは貴方様を神霊のもとへお帰しすることはできないのです。人の世で、一人の男性として、貴方様を必ず幸せにしてみせると誓ったのですから！」

「ああ、えーと……そうだマテウス、お前たちの挙式の予定はどうなっているんだ？」

「え!? ま、まだ何も……」

完全に浸っているシャノンにはとりあえず触れないようにしつつ、アイザックは話題を逸らすようにマテウスの二の腕の辺りをぽんと軽く叩く。

まあ、彼女の愛は通常の恋人よりもだいぶ重い気がしなくもないが、二人が想い合っている

ことは間違いない。

先に結婚して幸せを掴んだリネットとしても、二人にも早く夫婦という新しい幸せを受け取って欲しいと思っている。恋人から妻になったら、シャノンも少しは落ち着くかもしれない。

(貴族って家の都合で縁を結ぶ人たちがまだ多いけど、こういう関係を見られると、やっぱり嬉しいな。恋愛結婚がもっと増えればいいのに)

そうしたらきっと、今日のような人の集まる場所での牽制(けんせい)合戦や、良物件の取り合いもなくなることだろう。

(ん? そういえば今日は、そういう方も見ていない気がするわ)

今更なことに気付いてしまい、リネットはそっと周囲を見渡す。

すでに結婚したアイザックと、婚約しているマテウスがそういう対象から外れているのはわかる。

だが、アイザックの部下には、未婚の令嬢たちに最も注目されている男がいるのだ。彼がいるにもかかわらず、自分たちの周囲が静かなのはおかしく感じてしまう。

(……いや、そもそも今日は会っていないわね)

「リネット? どうかしたのか?」

「いえ、今気付いたんですけど、レナルド様を見かけないなと思って」

「ああ。あいつは今日、俺たちとは離れた場所にいるように指示されているからな」

「そうなんですか!?」

どうりで開会してから一度も会っていないわけだ。

アイザックの幼馴染(おさななじみ)でもある側近のレナルドは、ほぼ離れることなく行動を共にしている。彼が最初から別の場所にいるのは、ずいぶん珍しい。

(アイザック様が知ってるってことは、わざとなんだ)

護衛も兼ねている側近を傍(そば)から離すなんて、普通の王族なら問題になりそうだが、本人が優れた剣士であるアイザックだからこそだろう。

もっとも、もしレナルドが傍にいたら、今のように穏やかに会話をするなどまずできないので、リネットとしてはありがたい話だ。

筆頭貴族ブライトン公爵家の嫡男(ちゃくなん)で、今一番結婚したい男にあげられる彼がいたら、女性たちが殺到(さっとう)するのは火を見るよりも明らかである。

「レナルド様には申し訳ないですが、ゆっくりすごせる私たちにとってはありがたいですね。それで人が分散しているのでしょうか」

「だろうな」

リネットが苦笑すると、アイザックも同意するように頷く。普段通りに見えるアイザックだが、彼も隣国から戻ったばかりで疲れがまだ残っているのかもしれない。

「もし公爵令息が離れているのが王妃様のご差配ならば、これもそうでしょうか……」

ふと、シャノンが感心した様子でぽつりと呟く。彼女の翡翠の視線の先には、のんびりと花を観賞している人々の姿があった。

「シャノン様、何かありました？」

「リネット様はお気付きかもしれませんが、今日の園遊会はとにかく混雑が少なくて、待つという時間が全くないのです」

「……あ！」

シャノンの発言で、リネットも今日の人々を思い出す。確かに、『列』というものをほとんど見ていなかった。

昨年の園遊会では、王妃やアイザックに挨拶をしたい人々は長い列を作っていたはずだ。

だが今年は、入場する際に多少時間をとることはあったが、それ以外では皆、楽しそうに話している姿ばかりを見ている。

「すみません、教えていただいて気付きました。私たちに挨拶に来て下さった方も、並んでなかったです」

「そういえば、今回は招待状にそれぞれの時間が指定されていたらしいな。もし挨拶に来てくれるのなら、だいたいこれぐらいの時間に来てくれ、と」

「そ、そんなに細かい指定をされていたんですか!?」

さらりとアイザックが口にした答えに、リネットはもちろん、シャノンもマテウスも目を見開いて驚く。

園遊会の招待客は、国中のほとんどの貴族だ。しかも、同じ爵位を名乗っていても家格の上下に妙なこだわりがあり、優先順位を間違えれば怒る人々である。

（そんな人たちを相手に？　しかも、文句が上がっていないってことは、それらも正確に指定したってことよね？）

未だに全ての家名を覚えられていないリネットからしたら、気が遠くなるような話だ。だが、そのおかげで混雑することも待つこともなく、園遊会は平和に進行している。

当然、その手配をしてくれたのは、主催者である王妃だ。

「待たされるのは、意外と疲れるからな」

「そう、ですね……」

社交界では意外にも並んだり待ったりという機会が多いのだが、誰だって本当は自分の好きなように時間を使いたいはずだ。

待ち時間が長くなるほど苛々した気持ちも募るだろうし、それを表に出さないように隠せたとしても、どうしたって残ってしまう。その積み重ねが、ギスギスした蹴落とし合いの理由の一つなのかもしれない。

（でも今日は、円滑に貴族の義務を終えることができた）

会場に来てから時間を指定されたら怒る者もいるだろうが、招待状の時点でわかっているのなら、予定は自由に立てられる。

〝並ぶのは当たり前〟と思っていた者たちからすれば、待つことなく挨拶を済ませられたのは貴重な体験だったに違いない。

「それでこんなに和やかな雰囲気だったんですね」

「恐らくな。平和が一番だ」

気分がいい時に、わざわざ嫌な話をしたがるような者はあまりいない。その上、すごしやすい気温の中で美しい花に囲まれているのだ。

皆の嬉しい気分が伝わり合って、空気はもっと良くなる。正にいいことづくしである。

「ちなみに殿下、ブライトン公爵子息はどの辺りにいらっしゃるのですか？」

「レナルドは確か……」

アイザックが答えたのは、園遊会会場でも最も広く開けた場所で、かつ通行を妨げることのない突き当たりだ。

開場前にリネットも一通り確認をしているが、あの一角だけで別のパーティーを開けそうな用意をしていたのを覚えている。

何かあるのかと思っていたら、レナルド用だったのか、と納得すると、シャノンたちも察したのか、どこか憐れむような眼差しを彼がいる方角に向けていた。

「さてと。では殿下、リネット様。あまり長居してもお邪魔になってしまいますし、わたくしども失礼させていただきますね」

「あ、はい。シャノン様、またソニア様の恋のこととか、色々とお話しさせて下さい」

「まあ、噂のマクファーレンの男装王女殿下ですね？　ぜひ！」

弾んだ声で答えつつも、姿勢は完璧な淑女の礼で締めくくったシャノンは、来た時と同じようにマテウスと並んで去っていった。

咲き誇る花々も負けてしまいそうなほど、幸せそうな笑みを浮かべて。

「あのお二人は本当に仲良しですね。やっぱり今年中にはご結婚されるでしょうか」

「だといいな。だが、俺たちも仲の良さで負けるつもりはないぞ。母上が気を遣ってくれたおかげで、二人の時間もたっぷりあるしな。さあリネット、ゆっくり花を楽しもう」

「あ……」

極上の笑顔で差し出された手に、リネットの胸が高鳴る。

王太子妃としてするべき仕事はだいたい終わっているし、約束のあった人物にも全員会った。アイザックの手を取り花見を楽しんでも、きっと誰も文句は言わない。

ひょっとしたら、新婚夫婦として仲の良い姿を見せることこそが、招待客たちにも望まれている可能性も高い。

「……はい」

リネットはそっと、最愛の人の大きな手に自分の手を重ねる。

嬉しくないわけがない。アイザックと一緒にすごせる時間は、何にも代えがたい幸せだ。リネットだって心から望んでいる。

――それでも。幸せの後ろに、かすかにもどかしい気持ちを感じてしまう。まるで、喉に刺さった小骨のように。

(今はアイザック様との時間を大事にしたい)

手を引かれるままに向かう先は、輝かんばかりの美しい庭だ。

どこかで見たことのある茶髪の女官(?)が視界の端に映ったような気がしなくもないが、とにかくアイザックと二人きりで楽しめる貴重な時間である。

よそごとなんて、今は考えるべきじゃない。そう思っていても、チラチラと頭をよぎる感情がある。――この素晴らしい園遊会を、ただただ享受するだけの自分に対する後悔だ。

王妃の気遣いに甘えて幸せな時間を受け取ってしまうことに、罪悪感がじわじわと胸を侵食していく。リネットにも手伝えることは、本当になかったのか?

(素敵な催しだからこそ。皆を見れば見るほど、今の私の状況を反省したくなるわね)

春の温かな風が、ドレスの裾をゆらゆらと躍らせる。

肌を切るような冷たい風が吹いていた冬眠の季節は終わったのだと、改めてリネットに突き付けるように。

結局、園遊会は閉会のその瞬間まで一切の問題はなく、誰が見ても大成功という形で幕を下ろした。

新米王太子妃に、新たな課題を与えて。

＊＊＊

「私、改めて、王太子妃の立場に向き合おうと思います」

園遊会から一夜明けた翌朝。昨日の今日なので、朝は比較的ゆっくりしていると言ったアイザックの執務室にお邪魔して、リネットははっきりと口にした。

突然の妻の発言に、部屋の主であるアイザックはもちろん、壁際に控(ひか)えていた部下たちもぽかんと口を半開きにしてリネットを見返してくる。

「急にどうしたんだ、リネット」

いくらか間をおいてから、アイザックはリネットの手を引いて、中央の応接用ソファへと促してくれた。初めてこの部屋に来た時から変わらない、今日もふかふかのソファだ。

「私、大いに反省したんです。昨日の園遊会の準備に、ほとんどかかわれなかった自分を。絶対に学ぶことも多かったはずなのに……」

「いや、昨日の催しは仕方ないだろう」

ぎゅっと両手を組み合わせたリネットに、アイザックもそっと上から手のひらを重ねる。

「リネットが反省する必要はない。準備に携わりたくても、俺たちは国にいなかったんだ」

そして、慰めるように答えを口にすると、空いているもう片方の手でリネットの肩を抱き寄せてくれた。

——そう、実は園遊会の準備期間は、リネットたちが隣国マクファーレンへ行っていた時期にちょうど重なっていたのだ。

王太子妃の立場で考えれば、当然隣国の立太子式典への出席のほうが重要度は勝る。

リネット個人としてもソニアを祝福したかったし、何より、意外なところとも縁を結ぶことができたので、充実した訪問だったのは間違いない。

しかし、園遊会もまた、年に一度しかない大事な催しだったのだ。

王妃は快く送り出してくれたし、アイザックの言う通り仕方ない話でもあるのだが、リネットはあえて、自分の非として受け入れることにした。……そうしたいと思ってしまった。

「だって、あんなに素晴らしい催しだとは思わなかったんです！」

「まあ、母上も気合いを入れていたからな」

ああ、と気の抜けた声をこぼしながら、アイザックの手が抱いた肩をぽんぽんと撫でてくれる。

リネットだって、昨年と同じ感じの園遊会だったなら、状況的に反省したりはしなかった。

準備にかかわれなかったことを申し訳なく思いつつも、王太子妃として参加して『ちゃんと応対ができればそれでよし』程度にしか思わなかっただろう。

だが、昨日の催しはどうだ。隅々まで配慮され、大勢の貴族たちがいたのに何一つ問題も起こらず、皆が満足した最高の一日だったのだ。

その準備を、王妃のすぐ近くで学ぶことができる立場にいながら、ただ参加する側で終わってしまったなんて。

(ああ、なんてもったいない!!)

リネットがそう思うのは、きっと当然のことだ。

(ソニア様のお祝いに行ったことを、後悔するつもりは毛頭ないけど！　マクファーレンへの訪問も、とても有意義な経験になった。もしやり直せるとしても、リネットはソニアのもとへ行くことを選ぶつもりだ。

それでも、王妃のもとで学ぶべきことを流していいとは思わない。何せリネットは、後に園遊会の主催を引き継ぐ立場だ。

今回見ることができなかった内容が、どれもこれも重要すぎるのである。

「別に、今からでも教われればいいんじゃないか？」

「もちろん教わります！　でも、その時じゃないと学べないこともあったと思うんですよ。それがもったいなくて……」

「なるほどな。母上の気遣いが、ある意味裏目に出たというか……いや、良いことなんだが」

苦笑を浮かべるアイザックに、リネットも小さく頷いて返す。

王妃が例年以上の準備をして園遊会に臨(のぞ)んでくれた理由は、他でもない。

長旅で疲れて帰国したアイザックたちの負担を減らすため、という面がとても強いのだ。そうでなければ、わざわざレナルドを離す必要はないはずだ。……混雑解消のためには、やむなしかもしれないが。

初めての国外公務を無事に終えた夫婦にご褒美(ほうび)を兼ねて、という心は確実にあると、リネットもアイザックも思っている。

それがリネットのやる気に火をつけたのは、王妃にとってても嬉しい誤算に違いない。

「リネットが頑張ろうと決意したのなら、俺はもちろん応援するぞ。それで、具体的には何から始めるつもりなんだ？」

「はい。まずはいい加減、私の専属侍女を決めようかと思います」

「え？　まだ決まってなかったのか？」

「まだだったんです……」

意外そうに目を瞬かせるアイザックに、ぐっと胃が痛む。もちろん彼に悪気はないし、大事な者を未だに決めていないリネットの落ち度だ。

しかしながら、仕えたことはあっても仕えられたことはなかったリネットにとって、誰かを任命するという行為はとても難しいことだったのだ。それも『専属』となれば、余計に緊張してしまう。

（仕事だってわかっててもね。私を嫌ってる人にお願いするのは申し訳ないし）

苦手な人間が上司だなんて、いくら仕事が好きでも心を病みかねない。リネットとしても、日々の支度などで大いに世話になる者に苦痛を強いるのは嫌だ。

だからこそ、これまではその時手の空いている侍女に頼むようにしていたのだが、今回の園遊会を経てそうも言っていられなくなった。

何しろ、リネットが最も世話になっている一人の女官カティアは、王妃から派遣してもらっていた人物なのだ。先の隣国訪問でもついて来てもらっている。

つまり、リネットはなんの手伝いもしなかったのに、王妃からは信頼する人物を借り受けていたのである。いくら義理の娘といえど、さすがに王妃に甘えすぎだ。

（カティアさんがいない今こそ、私の専属を決める絶好の機会だわ！）

園遊会に際してカティアは本来の王妃付きの職務に戻っており、事後処理などでしばらくリネットを手伝えないと聞いている。この機会に王妃に甘えきった現状から脱却し、リネットはちゃんとした王太子妃を目指したい。

そのためにはまず、誰にも依存しない『リネットが選んだ協力者』が必要だ。

「いいんじゃないか？　オレもまず侍女を決めることには賛成だ」

「えっ？」

ふいに背後から別の人間の声がして、リネットは慌(あわ)ててふり返る。

二人で座っているソファのすぐ後ろに、分厚い書類の束を抱(かか)えた美少女……にしか見えない男が、いつの間にか立っていた。

「兄さん、脅(おど)かさないでっていつも言ってるでしょ！」

「脅かしてないし、普通に入室したぞ。オレだって、年がら年中隠密行動してるわけじゃないからな」

抗議を聞き流す彼の背中で、リネットと同じ茶髪がゆらりと躍る。

相変わらず可憐な少女にしか見えない彼は、リネットの実兄のグレアムだ。

普通に入ってきたと言っているが、控えていたアイザックの部下たちも驚いているので、恐らく気配を消していたのだろう。もしくは、元々が暗殺者『梟(ふくろう)』の動きである彼は、それが普通になってしまっているのか。

ちなみに、今日はちゃんとアイザック部隊の紺色の軍服を着ているが、彼は容姿を活(い)かした女装が特技である。昨日の園遊会でリネットがちらっと見かけた茶髪の女官は、多分見間違いではない。

一瞬、グレアムがリネットの専属侍女になってくれたら、という考えも頭をよぎったが……とにかく、彼はリネットたちの会話を聞いていて、かつリネットの方針に賛成してくれているようだ。

「専属侍女を決めることは必要だが、お前が推奨するのは何かあるのか？」

「妹の周囲の人間を把握しておきたいのはもちろんですけど、オレがというよりは別の方が、ですかね」

雇い主であるアイザックの問いに、グレアムはひょいと肩をすくめて返す。リネットとそろいの澄んだ青い目は、どこか困ったように執務室の扉へと向けられた。

「別の方？」

リネットも聞き返すと、問いに答えるようにちょうどよく扉が開く。

軍靴を鳴らして現れたのは、昨日の園遊会からアイザックの傍を離れていた側近レナルドだった……のだが。亜麻色の髪には艶がなく、王子様然とした軍人らしからぬ美貌も、ずいぶんくたびれていた。

「レ、レナルド様？　なんだかお疲れですね」

「ああ、おはようございます。リネットさんはお元気そうで何よりです」

戸惑いつつも声をかければ、口調だけは丁寧な返事が聞こえる。

ただし、声にも張りがなく、藍色の瞳はリネットを通り越してどこか遠くを見つめている。

明らかに普通の状態ではない。

「母上が俺たちからお前を離した時点で察していたが、翌日に響くほどだったか」

「響きますよ、そりゃあ」

続けてアイザックが声をかけると、ひどく深いため息がレナルドの口からこぼれる。

昨日の園遊会で、レナルドがアイザックと最初から離れた場所にいたのは、人を分散させるためだ。

ということは、離されたレナルドのほうには、リネットが見なかった人々がいたのだろう。挨拶列ができる王族のような、隔離(かくり)しないといけない数の人々が。

「殿下と結婚したお前は平和だっただろうけどな。園遊会が、元々どういう目的の貴族が集まる場所かを思い出せ愚妹(ぐまい)よ」

「あ」

グレアムに低い声で指摘されて、昨年の園遊会を思い出す。脳裏に浮かんだのは、着飾った令嬢たちがアイザックに秋波(しゅうは)を送る姿だ。

「……そうよね。そういう催しだわ」

園遊会とは本来、独身の淑女たちの昼の戦場だ。どれだけ王妃が気遣ってくれたとしても、彼女たちの目的が変わるわけがない。

「マクファーレンでは散々無視されたので、余計に応えましたよ」

依然、遠くを見つめたままのレナルドの声には、二十代の男性とは思えないほど哀愁が漂(ただよ)っている。

かの国でも散々と言うほど無視されたわけではないのだが、女性の関心のほとんどは男装王女ソニアに向いていたので、ロッドフォードと比べれば気楽だったのだろう。

「リネットの専属侍女を決めることが急務なのは、そういうことだ。早くしないと、お前からレナルドお義兄様へ繋がることを期待して、また行儀見習いが押しかける事態になるぞ」

「そ、それは困るわね」

グレアムの真剣な忠告に、リネットはもちろんアイザックまでこくこくと首を縦にふる。

「レナルドお義兄様は肩書きも魅力的だが、それ以上に本人に好意が殺到してるからな」

以前にもリネットのもとへ行儀見習いたちが押し寄せたことがあったが、あの時はようやく決まった王太子妃と縁を作ろうという、家からの指示でのことだった。

侍女の仕事の技量の足りなさや、その後すぐに起こった事件への対応などが重なり、彼女たちが来ることはなくなったのだが……理由が家ではなく、本人の恋心となれば話は別だ。

親に命じられて動くのは気が進まない娘でも、素敵な殿方を射止めるためと言われれば、誰にも負けない戦士へと変わる。

そうなったら、王太子妃が嫌がっても、王妃の女官のカティアがダメ出ししても、恋する乙女は止まらない可能性が高い。

（レナルド様がお相手じゃ、気持ちはわからなくもないものね）

美しい容貌と均整のとれた体躯という見てすぐわかる部分はもちろん、実直な仕事ぶりも評判であり、〝女性を近付けない〟と有名なアイザック部隊に所属しているので、浮気などを気にする必要もない。

次期公爵の立場を差し引いても、レナルドは結婚相手としてたいへん魅力的だ。

（ブライトン公爵家に後見をお願いしたことが、こんな形で私にかかわるなんて。改めて、すごい世界だわ）

レナルドに婚約者がいれば起こらない問題だが、そもそもアイザックのかつての『体質』が原因の一つである以上、レナルドだけを責めるわけにはいかない。

しかし、行儀見習いたちに暴走されるのも、できれば避けたいところだ。

「オレも『梟』も、行儀見習いたちが本気になったら止められる自信はないぞ。リネットが平気なら、のんびりと侍女選びをしても構わんが」

「いいえ、遠慮したいわ。きっとお茶会とかでも言われるだろうしね」

というより、お茶会で追及されるのは一度経験済みだ。本格的に社交が始まった今の時期に、どうなるかなど想像するのも恐ろしい。

（これは本気で、一日でも早く専属侍女を決めないと）

ついでにレナルドにも、なるべく早めに素敵な婚約者が見つかるように祈ろう。行儀見習いの立場が、『次期公爵夫人の候補チケット』になる前に。

「レナルドが理由でリネットの手を煩わせるとはな。あまり力にはなれないかもしれないが、もし困ることがあれば、俺も……」

「何を言っているのですか、殿下。ダメに決まっているでしょう」

会話の流れのまま、アイザックがリネットに声をかけようとして……急に遮られる。

甘い空気を霧散させたのは、ほんのついさっきまで哀愁を漂わせていたレナルドだった。

「お前のせいで、リネットに影響が及ぶかもしれないんだぞ」

「その件についてはこちらも手を回しますが、殿下が動くのはダメです。というより、動けると思っている時点で甘すぎます」

「は？」

いつの間にか側近の顔立ちに戻ったレナルドは、一度廊下へ戻ると、どこから持ってきたのか台車を執務室の中へ運んでくる。城勤めたちがティーポットや食器を載せるのに使う、よく見る運搬道具だ。

ただし、今載っているものはそれらではない。一目でわかるほど高く積まれた、書類の山である。

「……は？」

アイザックの紫眼が、台車とレナルドの顔を交互に見返す。そういえば、ソファの後ろにいるグレアムも、書類の束を抱えていたはずだ。

「マクファーレンへ行っていた期間が約一月。その後すぐに園遊会が開催されたので、今日まで待っていた殿下のお仕事です。リネットさんを手伝うヒマがどこにあるとお思いですか」

「…………」

正に、絶句。

いや、一応予想はできたことだ。日々多忙なアイザックが一月も国を離れていれば、積もった仕事がこれぐらいの量になってもおかしくはない。

「断っておきますが、留守を任せていたマテウス殿は、しっかり仕事をしてくれていますからね。彼の裁量で任せられる分を全て除いて、この量です」

「あいつを疑うつもりは毛頭ないが……ここまでか」

今朝はまだ会っていないマテウスは、昨日も話した通り机仕事を得意とする人物だ。その彼が片付けてなおこの量とは、改めて、王太子の責任に驚いてしまう。むしろ、今日まで待っていてくれただけ、恩情だったのかもしれない。

「せっかくリネットさんがやる気を出してくれたのに、出端（でばな）をくじくのは心苦しいですが……こちらもこの有様なものですから。すみません」

「い、いえ。私がもっと早くから決めなかったことが悪いんですし」

「せめて、私関係でご令嬢がそちらへ行くことはないように手配しますから。侍女選考、頑張って下さい」

レナルドは恭（うやうや）しく礼をすると、リネットにくっついていたアイザックを両手で引きはがして執務机のほうへ連行していく。

旦那様の顔は、先ほどのレナルドに負けず劣らずの沈みっぷりだ。抵抗もしない辺り、彼としても衝撃的な仕事量だったのだろう。

「それじゃあ、オレもご主人様を手伝うかな。一応『梟』は何人か動けるようにしておくから、お前も頑張ってこい」

「ん、ありがとう兄さん」

少し黙っていたグレアムも、書類を持ち直して執務机へ向かっていく。

実のところ、後戻りできないように宣言をしておきたかっただけで、最初からアイザックたちを頼るつもりはないのだが、リネットを気遣ってくれる優しい人々に胸が温かくなる。

（だからこそ、私もしっかりしなくちゃ）

まずは自分のことを自分で決めて、カティアや王妃に頼らなくても動けるようにならなければ。そしてその上で、学ぶべきことを教わっていくのだ。

一つずつ、確実に。いつか、昨日の園遊会のような、素晴らしい行事を主催できる王太子妃になるために。

（よし、やるわよ！）

ソファから立ち上がったリネットは、きちっと淑女の礼をしてからアイザックの執務室を後にする。……アイザックから返事がないのは、まあ仕方ない。

昨日はリネットを責めるように感じた春の温かい空気も、今日はリネットの背を押してくれているような気がした。

――ということで、専属侍女選考なのだが、リネットの中ではすでに四人ほど候補を絞り込むところまでは決まっていた。

侍女としての腕はもちろん大事だが、一番考えたのはやはり、リネットのことを嫌ってなさそうな人物ということだ。

（よく来てくれる人ばかりだし、大丈夫だとは思うけど）

ほぼ毎日顔を合わせることになる以上、苦痛を強いることだけは避けたい。その条件を最重要として選んだ一人目は、赤茶色の髪と目が印象的なジルという侍女だった。

カティア曰く、着付けの腕は若干甘いそうなのだが、技量は今後伸ばしてもらえばいい。肝心なのは、リネットとの相性のほうだ。

待遇の変更をまとめた書類もちゃんと準備してある。扱いとしては昇格なので、お給金も上がるし、希望があればお仕着せも変えられるらしい。

リネットのことを嫌ってさえいなければ、きっと引き受けてくれる内容だ。

（大丈夫、大丈夫）

言い聞かせながら、きゅっと胸元を握る。今朝支度に来てくれたのは別の侍女たちだったので、ジルには手が空き次第リネットの部屋に来るよう頼んでいる。担当していた仕事の内容から考えると、もうそろそろだ。

「失礼いたします、リネット様」

（来た！）

丁寧なノック音に、思わず心臓が跳び上がりそうになる。

本当は扉まで駆け寄りたい気持ちをぐっと堪（こら）えて促せば、顔見知りの侍女は自分で扉を開いて入室してくる。……表情が強張（こわば）っているように見えるのは、何か粗相をしたのかと思っているのかもしれない。

「忙しいところ、呼びつけてすみません。大事な話があるんです」

優しい声と笑顔を心がけて話しかけると、ジルの表情も少しだけ柔らかくなる。

彼女が引き受けてくれれば、記念すべき一人目の専属侍女だ。

（どうか、受けてくれますように）

そう願いながら、リネットはできる限り丁寧に仕事について話していく。

貴女（あなた）の腕を買っていること、傍にいてくれたら嬉しいこと。そうした気持ちを、惜しみなく伝えながら。

――しかし、その結果は予想もしないものとなった。

「えっ、妊娠⁉」

困ったように頷いたジルに、リネットの頭も真っ白になってしまう。

なんと彼女は、既婚者だった上に、お腹に子どもがいるというのだ。

「そろそろお腹も出てきて危ないので、退職させていただくところだったんです」

「え、えええ……」

言われてみれば確かに、彼女の腹部はふっくらしているような気がしなくもない。

幸いにも悪阻が軽かったので仕事を続けていたそうなのだが、働かないほうがいいのはリネットもわかることだ。

「ご報告が遅くなってしまい、申し訳ございません！　まさか私などに、このようなお話をいただけるとは夢にも思わなくて」

「私こそ、気付かなくてごめんなさい！　今は具合は大丈夫ですか？」

「はい、お気遣いありがとうございます。ですがその、夫婦ともに子を預けられる当てがないので、また侍女職に戻れるかどうかもわからなくて……」

俯いてしまったジルの背中を、リネットはそっと撫でて慰める。

専属侍女になってもらえないことは残念だが、妊娠はとてもめでたい話だ。大事な時期に無理をさせてお腹の子に障ったら、リネットは悔やんでも悔やみきれない。

「今日は来てくれてありがとうございました。どうか、体を第一にゆっくりして下さい」

「ありがとうございます、リネット様！」

腰を折って礼をしようとするジルを何度も止めながら、リネットは彼女を見送る。良い話には違いないが、専属侍女選考は残念ながら早速失敗だ。

「でも、妊婦さんに無理させるわけにはいかないもの。正直に断ってくれてよかったわ」

リネットとアイザックに子どもがいれば『乳母』という選択肢もあるが、その辺りのことはまだまだ未定だ。

自分一人のことすらままならないのに、子どもを授かっても面倒をみられる自信もない。

「残念だけど、次の人が引き受けてくれることを祈ろう！」

一応あと三名ほど考えている人物はいる。ただ残念ながら、今日は皆予定が入っていたようで、話をするとしても明日以降になる。

せっかく気合いを入れたが、今日はここで終了だ。いや、当然リネットにもやるべき仕事があるので、そちらへ向かうだけなのだが。

「さ、気を取り直していきましょう」

落ち込みそうな心を叱咤しながら、届けられた仕事に向き合う。昨日の今日なので、園遊会に参加した貴族たちからリネットのもとにも沢山の手紙が届いている。

公務と呼べるような本格的な仕事はまだあまりふり分けられないが、民を大事にすることもきっと王太子妃として大事な役割だ。

「大丈夫。私は私の仕事を頑張ろう」

ロッドフォードでの一日は、今日も慌ただしくすぎていく。

＊＊＊

「ん……」

草木も眠る深夜。リネットは肌寒さを感じて目を覚ました。

明かりを落としてから何時間も経っている寝室は暗く、自分の鼓動が聞こえそうなほど静まり返っている。

（隣……冷たいままだわ）

そっと手を伸ばしてみても、触れるのは冷たいシーツだけ。

アイザックと二人で眠るための大きなベッドは、眠りについた時から変わらず、一人分をぽっかり空けたままだった。

「アイザック様、まだ部屋に戻ってないんだ」

朝に見かけた大量の書類を思い出せば、無理もない。せめて仮眠をとっていることを願いたいが、それも難しいだろうか。

（レナルド様や兄さんも一緒だし、無理をしすぎないといいけど）

できることならアイザックを待ちたいが、リネットにも仕事がある以上、休まないと他の人々に迷惑がかかってしまう。残念だが、これも王太子妃の務めだ。

「……っ！」

再び寒さを感じて、くるまっていた毛布をきつく抱き締める。久しぶりに一人で寝るので、どうにもうまく温度調節ができない。

いつも一緒に眠っているアイザックは体温が高めの人なので、彼にくっついてぽかぽかしているのが当たり前になってしまったようだ。

（一人の布団って、こんなに寒いのね）

春を迎えて気温も上がっているのに、雪が降っていた頃よりもずっと寒く感じる。

布団も毛布も最高級品で、かつ分厚い天蓋に守られたベッドだというのに、ずいぶん贅沢な体になったものだ。

これでは、生家アディンセル伯爵家の隙間風が吹くボロ屋敷では、とても暮らしていけないだろう。冬場などは、床に霜が張る家だ。

（アイザック様が一緒なら、きっと野宿でも大丈夫だけどね）

家の造りよりも高級な寝具よりも、大好きな旦那様が傍にいてくれることを望む自分に、つい苦笑がこぼれる。

結婚してからもずっと恋をしていられるなんて、リネットは本当に幸せな妻だ。

同時に、ずっと恋をさせてくれる得がたい旦那様に、感謝の気持ちも溢れてくる。

（夜明けまで、まだ二時間以上あるわね）

ちらっと確認した時計は、まだ朝が遠いことを示している。リネット唯一の自慢である視力の高さも、こういう時は寂しさを募らせるだけなので困ったものだ。

夜目が利くせいで、続き間のアイザックの私室に明かりが灯る気配がないこともわかってしまう。きっと旦那様は、今夜は戻ってこない。

（……寝よう。眠ってしまえば、寒いのも寂しいのも紛らわせるわ）

毛布をさらに引き寄せて、鼻まですっぽり覆ってしまう。

朝になったらアイザックに会える。そう信じて……。

「……うん？　なんだろう」

目を閉じようとして、しかし、視界の端に映ったものにリネットは気付いてしまった。

他者よりも多くのものが見えるこの目は、明かりがなくても物の輪郭をはっきり捉えることができる。つい先ほど、時計の針を読み取ったばかりだ。

だというのに、今、ふわりと〝何か〟が視界を横切ったのである。リネットが形を認識できない、ぼんやりとした白い何かが。

（部屋の中に霧がでるはずもないし、湯気が立つような物もないわ。それに……）

もう一度、じっと目を凝らしてみる。

相変わらずはっきりとは見えないが、その大きさには妙に見覚えがある。

それに、頭、肩、腕と、どことなく人の形をしているように見えなくもない。

「この大きさ……そうだ、アイザック様だわ」

何度も見つめて、ようやく気付く。もやもやしたそれは、成人男性の中でも長身のアイザックと、だいたい同じぐらいの大きさだった。

人の形に似た白い靄（もや）。よく考えれば何か思い当たりそうな気もするが、あいにくと今のリネットの心を占（し）めるのは〝寂しい〟がほとんどなので、頭が回らない。

「私、そんなにアイザック様に会いたかったんだ。うっかり幻覚を見てしまうなんて」

我ながら、旦那様を好きすぎて笑ってしまう。恋しくて幻を見るほどなんて、兄あたりに病気だと呆（あき）れられそうだ。

「ちゃんと寝よう。アイザック様を見るなら、おぼろげな姿より夢の中で会いたいわ」

はあ、と肺の中の空気を全部出してから、リネットは今度こそしっかり目を閉じる。もやもやした何かではなく、ちゃんと色と形がわかるアイザックに夢で会うために。

――この時見かけた幻覚が、実は王城を騒がせているなんて、思いもしなかった。

2章　勤め先は心霊物件ですか？

翌日は、リネットにとって朝から打ちのめされる始まりとなった。

一人寂しく眠っただけでも元気が足りないというのに、支度に来てくれた侍女たちから思いもよらぬ答えをもらってしまったのだ。

内の二名は、リネットが専属侍女への打診を考えていた人物である。

（まさか、二人ともお家へ戻ることになっていたなんて……！）

どちらも結婚のための帰郷であり、一人は生家で婿を迎え、一人は準備ができ次第相手方の屋敷へ嫁ぐのだそうだ。

おめでたい話なのでもちろんお祝いしたが、候補に考えていた人物がことごとくいなくなってしまうリネットとしては、正直泣きたくなってくる。

……ついでに、最後の一人として考えていた女性は、リネットがマクファーレンへ行っている間に退職していたらしい。

これで、打診を考えていた候補は全滅が確定、専属侍女選考は完全にふり出しへと戻ってしまった。

リネットが真っ先に考えた条件である『リネットを嫌っておらず、よく支度に来てくれた侍女』ばかりが何故(なぜ)いなくなってしまうのか。

それについても、悩む前に彼女たちから返答を得ている。

一、リネットが不在だった一月の間、侍女たちに仕事を頼んだりしていなかったこと。

二、隣国へ連れて行ったのが王妃の女官であるカティアのみだったので、侍女たちの間では『カティアがリネットの専属である』という認識になっており、ついでに王太子妃付きの侍女は王妃が決めるのだろうと思われていたこと。

（完全に私の失態だわ……！）

苦手だからと選考を後回しにしたせいで、侍女たちにとって『リネット付きはありえないこと』だと、諦(あきら)められていたのだ。

彼女たちにも生活がある。決まる可能性の極端に低い立場を目指すよりも、堅実な仕事や結婚のほうへ意識が向くのは当然だろう。

特に、マクファーレンへ行っていた期間は決定打になってしまった。たかが一月、されど一月である。

（一月丸々お仕事がないとなったら、私だって別の職場を探すものね）

忠義ややりがいでお腹(なか)は膨(ふく)れない。それは、貧乏育ちのリネットが一番よくわかっていることことだ。完全に自業自得とわかっていても、落ち込みたくなる状況である。

（……いや、落ち込んでる場合じゃない。ちゃんとした王太子妃になるって宣言したばかりなのに）

下限知らずに沈んでいこうとする気持ちを、慌てて引き止める。

少なくとも、こうして支度をしにきてくれる侍女はまだいるのだ。ここからまた新しい人物と交流を深めて、『リネット付きになってもいい』と思ってもらえるような付き合いをしていかねばならない。

たった一度のお茶会をきっかけに、交友を続けてくれている〝相談役〟のシャノンのような人だっている。諦めたらそこでおしまいだ。

（侍女のお仕事が好きで、できればレナルド様目当てじゃない人。探せばまだいるはずだわ）

幸いにも、専属侍女の待遇は悪くない。リネット自身に興味がなくても、お給金などで考えてくれる人もいるはずだ。

申し訳なさそうに支度をしてくれた侍女たちを見送ってから、リネットはスッと姿勢を正す。

春になったので、ドレスも明るい橙色を選んでくれたようだ。背中を押すような元気な色に、気分も少し浮上する。

「前途多難はいつものことよ。まずは、昨夜部屋に戻られなかったアイザック様を労いにいきましょう！」

強引にでもやる気を出したほうが、リネットらしくふるまえるはずだ。

廊下で迎えてくれた顔馴染の護衛たちに笑顔で挨拶をしてから、リネットは力強く今日の一歩を踏み出した。


「アイザック様、おはようございま……ひっ！」

アイザックの執務室に入ると、予想通りぐったりとした様子の彼が部下たちと共に出迎えてくれた。

誰も彼も目の下に濃い隈が浮かんでおり、せっかくの美貌が台無しになっている。無論、くたびれていてもアイザックが素敵なことは変わらないが。

「ああ、リネットか。おはよう」

「おはようしなくていいので寝ましょう⁉」

「いや、まだ終わってないからな」

「そんな、一体どれだけ……」

アイザックは体を動かすほうが得意な軍人気質だが、決して机仕事ができないわけではない。

その彼が一日徹してもまだ終わらないとなると、一月の不在は想像以上に大変なことだったらしい。

「とりあえず、今やってるこれを終えたら休憩だ。せっかくリネットが来ているしな」

「私のことは放置で大丈夫ですから、少しでもお休みになって下さい。コーヒーも新しいものを用意してもらいましょう。こっちの食器は片付けておきますから」

机の上にいくつも重なっているカップには、眠気覚ましに飲んだのだろうコーヒーの跡がくっきりと残っている。適当に淹れたのか意図的なのか、だいぶ濃かったようだ。

飲み物なんていつでも最上品を用意してもらえる立場なのに、こうして部下たちと同じように仕事第一で動いている姿を見ると、彼が信頼される理由もわかるというものだ。

できればアイザックにも部下たちにも、もう少し平和な生活をして欲しいのが本音だが、それは口にせず我慢しておく。

(以前、まだ私が雇われ婚約者だった時にも、こんなことをしてた記憶があるわね。ちょっと懐かしいかも)

窓を開けて換気をし、放置されて皺になっている紺色の軍服を回収しながら、何とも言いがたい笑みがこぼれてしまう。

王太子妃になってからも同じことをしているなんて、くすぐったいような、申し訳ないような不思議な気持ちだ。……アイザックが嫌がらないのなら、これはきっと残しておいていいリネットの一面なのだろう。

「そうだ、リネットの専属侍女決めはどうだった？　昨日、早速候補の者に話をしてみると言っていただろう。良い返事はもらえたか？」

「うっ！」

痛い質問をされて、思わず持っていた上着をぎゅっと握りしめてしまう。皺をとるために集めていたのに、余計に生地を傷付けてしまうところだった。

「えっと、残念ですが、皆さん色々と事情があったみたいで……」

なるべく平静を装（よそお）いつつ、候補者たちが皆いなくなってしまったことを軽く説明する。アイザックの目を見て話さないで済む分、洗濯物集めをしていたのは正解だったかもしれない。

……そう動いてしまう辺り、リネットも思っていたよりも気にしていたみたいだ。

「そうか。それは残念だったな」

「まあ、今回の敗因は完全に私ですから。また次の方を探そうと思います」

労（いた）わってくれるアイザックに、なるべく笑顔を作って返す。残念なことに違いはないが、今のアイザックの状況と比べればなんてことはない。城勤めの侍女はまだ沢山（たくさん）いるのだから、機会はいくらでもある。

「私たちも、自分たちの仕事の割りふりだけで手いっぱいでしたからね。すみません、リネットさん」

「え、誰……あ、レナルド様か！」

アイザックの横から顔にタオルを乗せた男が出てきたと思えば、彼はそのままで手をふって応えてくれる。側近（そっきん）の彼も、やはりくたくたに疲れきっている雰囲気だ。

特に彼は、園遊会でものんびりできなかったので、余計に疲れているように見えた。

「リネットの支度の良し悪しだけを考えて、カティアに頼んでしまったからな」

「そうですね。こちらの侍女たちが手隙になってしまうことも、考慮すべきでした」

「とんでもない！　そんなことまでアイザック様やレナルド様たちに頼ったら、私は本当に王太子妃失格ですよ」

しょんぼりと俯こうとした二人を、慌てて止める。

こんなになっている彼らにこれ以上の仕事をしてもらうなど、とんでもないことだ。彼らに責任を感じてもらうのは筋違いである。

「しかし、我々はリネットさんが慣れていないことを知っていましたから。完全に無関係とは思えませんよ。何か、良い人材を集める手段があればいいのですが」

「いっそのこと、ソニア王女のお見合い夜会に倣って人を集めてみるか？『侍女の技能お披露目会』みたいな」

「謹んでご遠慮させていただきたく！」

寝ていないせいか、突拍子もない提案をするアイザックに、リネットは必死で首を横にふって返す。

先の訪問の際に開かれた大々的なお見合い夜会は、ソニアの立場と人気があったからこそ開催できたのだ。隣国でも、ソニア以外はまず開けないだろうし、元は貧乏貴族で無名の新米王太子妃には荷が重すぎる。

「私は普通に探しますので大丈夫です！　引き受けてくれる方が決まったら、アイザック様たちにもちゃんと報告しますので」

必死で訴えると、アイザックはどこか残念そうに頷いた。基本的には良識的な彼だが、リネットがかかわると常識がすっ飛ぶのは変わっていないらしい。

「……ト様」

「え？」

ふいに、背後から呼ばれた気がしてふり返る。

聞き間違いかと思うような小声だったが、視界の端に入った人物に気付けば納得だ。

「マテウス様、おはようございます」

いくらか遅れてから挨拶をすれば、少し癖のある赤髪がぺこりと揺れる。昨日は会えなかったが、今日はマテウスも朝からこちらに来てくれたようだ。

（うーん、もったいないけど、いつものマテウス様ね）

園遊会の時にはちゃんと顔を出していた彼だが、今日は厚い前髪で半分ほど隠している。

元々彼は人前に出ることが苦手らしく、こちらのほうが〝いつもの〟姿なのである。

また、通常時のマテウスは、ぎりぎり聞こえるか否かという声量で話すのが特徴だ。

園遊会ではあまり喋らないことで誤魔化していたが、それでも一応聞き取れる声量だったので、彼なりに気をつけていたのだろう。

あるいは、シャノンをエスコートしていたから格好つけたのか。それなら、リネットとしても喜ばしい理由だ。

「改めて、不在の間はありがとうございました。今日も書類仕事のお手伝いに来て下さったんですか？」

「はい……は、こういう……意なので」

（ダメだ、私の耳じゃ聞き取れないわ）

恐らくは、こういう仕事が得意なので、だ。

もう少しリネットでも聞き取れる声量で話してくれるとありがたいのだが、この辺りは上司たるアイザックやシャノンがいつか改善してくれると信じている。

ちなみに、いつもは人一倍聴力に優れている兄のグレアムが通訳について意思の疎通を図っているのだが、今朝は珍しく不在のようだ。

「その、侍女の件……シャノンにも、協力を頼みましょうか？」

（あ、今のは全部聞こえたわ！）

聞こえづらいと思ったのが顔に出てしまったのか。次にマテウスが話してくれた声は、正確に聞き取ることができた。

ただ、内容はなかなか意外な提案だ。

「シャノン様に？」

聞き返すと、マテウスはまたこくりと赤髪の塊を揺らす。

シャノンは国内でも力のある侯爵家の令嬢なので、人脈的に頼れることは間違いない。だが、リネットの侍女の件を彼女に託すのは、少し違うような気がする。

「それは、ハリーズ侯爵家の伝手を頼れということですか？」

一応詳しく訊ねてみると、マテウスはどこか困ったように動きを止めた。言いたいことはあるが、上手い言い方を探しているような様子だ。

（人手不足なら、侯爵家に勤めている方を回してもらうのはありだろうけど）

王城勤めの侍女は、人数自体は足りている。今回は単に、リネットが良いなと思った人が辞めてしまったというだけの話だ。

マテウスもまさか、王城が人手不足とは思っていないだろう。

万が一そうだとしても、リネットの後見についているブライトン公爵家などが真っ先に動くはずだ。いきなりシャノンに頼れと言うのは、やはりおかしい。

（ご自身も公爵子息のマテウス様が、わからないはずがない。だったら何故？）

「さすがにそれは最終手段ですよ、マテウス様」

「わっ！」

そうこう考えていれば、マテウスの体の横からひょこっと美少女が顔を覗かせる。もとい、美少女顔の男が。

「また急に出てきて……まあいいわ。どういうことよ、兄さん」

「今のところ人手は足りてるけど、もしかしたら今後足りなくなるかもしれないって話だ。ハリーズ侯爵令嬢を頼るのは、めちゃくちゃ切羽詰まってからだろうけどな」

マテウスの背をぽんと叩いたグレアムは、そのままの足でアイザックの元へ書類を届ける。

彼らと比べて身ぎれいなので、グレアムは徹夜組ではなく、別の仕事に行っていたようだ。

（人手が足りなくなる？　王城の？）

否定したばかりのことを言われたリネットは、その言葉を再度考えてみる。

王城は言うまでもなく、この国の要だ。ここが人手不足になるなど、よほど大きな催事の前ぐらいしかありえない。

（ちょうど園遊会が終わったばかりで、人手が必要な催事はしばらくないわ。退職者が沢山出るとかじゃなければ、人手不足にはならないはず）

どちらかといえば、勤めたいと思っている者のほうが多いだろう。リネットのあまりよくない頭で考えても、疑問符しか浮かんでこない。

「別に深刻に考える必要はないと思うが、こういうことが起こっている」

悶々と考えていると、確認を終えたアイザックが、提出されたばかりのそれをリネットに差し出してきた。

「これは……」

見慣れたグレアムの字で綴られた、それほど長くはない一枚の報告書。

表題は『城内での幽霊の目撃情報について』と記されていた。

「幽霊って、ものすごく意外な報告書ですね」

「ああ。ただの噂か見間違いだと思っていたんだが、目撃報告が増えてきたから調べさせてみたんだ」

まさか、指折りの諜報部隊である『梟』が、幽霊なんて不確かなものを調べることになるとは思わなかったのだろう。

報告書を届けたグレアム本人も、ちょっと困ったような表情を浮かべている。

(私はあんまり信じてないけど、本当なのかしら)

そもそも、夜目が利くリネットは、他の者よりも暗闇を怖いとは思わない。最初から視覚情報を捨てて、聴覚で全てを察知して動けるグレアムも同様だ。

貧乏育ちのアディンセル兄妹にとっては、いるかいないか不明の存在よりも、明日のご飯を確保できないことのほうがよほど恐ろしい。

「……ん？　あれ？」

だが、報告書を読み進めていくうちに、リネットは気付いてしまった。記された幽霊の特徴に、心当たりがあったのだ。

「白っぽい、もやもやした影……かなり大きく、成人男性っぽくも見える……」

「リネット？」

つい声に出して読んでみれば、アイザックが訝しげに首を傾げる。

ああ、そうだ。ちょうどアイザックと同じぐらいの背丈、体格に見えたから、リネットは恋しさから見る幻覚だと思って眠りについたのだった。

ほんの、数時間前に。


「これ、私も昨夜見たかもしれません」

『はあっ!?』


リネットの発言に、執務室にいた全員の声が重なった。

アイザックはもちろん、普段は声量が全く足りていないマテウスまでもが、声をあげて驚いている。

「ま、待て待て愚妹！　お前に霊感があるなんて、兄ちゃん初耳だぞ!?」

「ないわよ。あるわけないじゃない！　でも、特徴を読めば読むほど、昨日見たものとそっくりなんだもの」

「リネットさん、ほ、本当に？」

「本当です。てっきり、アイザック様に会いたいあまりに見た幻覚だと思ってたんですけど」

もしもあれが幽霊だったのなら、輪郭がぼやぼやしていたのも納得だ。

リネットの目で見えなかったのではなく、そういう形だったのだから。

「そっか、あれ幽霊だったんだ……全然気付きませんでした」

よくある怪談話のように、それとの邂逅はもっとぞっとするような恐怖体験だと思っていたが、現実はこんなものだ。

とはいえ、妙に肌寒かったのは確かだ。幽霊がいる場所は気温が下がるという話は、本当なのかもしれない。

「いや、冷静に言わないでくれ、リネット」

意図せぬ初体験に半ば感動していると、アイザックがやや焦った様子でリネットを引き寄せ、腕の中に抱き込んできた。

昨夜は触れられなかった温もりに包まれて、途端に体が喜びを訴えてくる。

「体は大丈夫なのか？　どこか痛かったりとか、気持ち悪くなったりとかはないか？」

「な、何ともないですよ。一人寝が寂しかっただけで、体は丈夫ですから」

昔から医者にかかるお金がないという理由で、風邪一つひかない頑丈な体だ。ましてや、今使っている寝具は温かい最高級品ばかり。体調を崩すはずがない。

「ならいいんだが……まさかリネットが目撃者になるとは」

「ただの見間違いだと軽視できなくなりましたね」

　執務室のくたびれていた空気が、一気に張り詰めていく。

　よりにもよって、目の良さを皆が知っているリネットが目撃したことで、信憑性が増してしまったのだ。

「ちなみに、リネットさん。その幽霊はどんな動きをしていましたか？」

「ふわふわしてただけですよ。霧とか湯気とかに近い感じです。でも、なんとなく人っぽい形で、体格がアイザック様に似ていた気がします」

「俺か？　だとしたら、意外とでかいな」

　レナルドもアイザックに視線を向けると、「うわ、これか」と小さく悲鳴をあげている。

　リネットからすれば愛しい旦那様だが、彼は成人男性の中でもかなり長身だ。軍人などに縁のない者なら、恐怖を覚えるかもしれない。女性や子どもは特に怖がりそうだ。

「ん？　あれ？　もしかして、兄さんが人手不足がどうこう言ってたのは……」

「ああ、退職者はまだ出てないんだけどな。幽霊を見ちまったって休職願いを出すやつがちょこちょこ増えてるんだよ。特に女が多い」

「なるほど、そういうことだったのね」

　グレアムは何とも言えない表情で、ため息をこぼす。ありえない理由だと笑いたかったのに、リネットが肯定してしまったせいで、どうするべきか困っているようだ。

「じゃあ、マテウス様がシャノン様を頼れと言ったのも？」

「シャ……は、心……平気……で」

「シャノン様は、心霊系平気なんだそうだ。侯爵家じゃなくて、本人を頼れって提案だったんじゃないか？」

グレアムがいつも通りに通訳すると、マテウスはほっとしたように頷いた。

つまり、彼も幽霊の噂を知っていて、リネットの専属侍女候補たちが辞めた理由がそれだと思っていたのだろう。

残念ながら違う理由なので、侍女探しがふり出しなのは変わらないわけだ。

もしそれで仕事に支障が出たり、休みたいと思っているのなら、リネットとしては候補が減ることになるので少し困る。

「でも、そうね。もしかしたら、侍女の中にも幽霊を見ちゃって、怖がっている人がいるかもしれないんだ……」

「いや、そんなことで休むような侍女なら、王太子妃専属には向かないだろ。最初から除外しとけ」

「兄さん、意地悪なこと言わないでよ。女の子なんだから、幽霊とか虫とか苦手だって仕方ないじゃない」

「お前は平気じゃないか」

「私を普通の女の子と比べられても困るわよ」

淡々と否定すれば「自慢するな」と呆れられてしまう。

リネットが普通でないことなど周知であるし、それを承知でアイザックは結婚してくれたのだから今更すぎる話だ。

だが、侍女たちは違う。彼女たちに求めるのは、世話をする能力とリネットを嫌わずに仕えてくれることであって、恐怖を克服してこいなんて指示をするつもりはない。

仕事に支障が出るというなら、その支障の原因のほうを取り除いてやるべきだ。

「でも、本当に影響があるなら困るわね。除霊とか、専門の方を探すべきかしら」

「いや、さすがに情報が足りないな。リネットが見たのなら存在するのは間違いないだろうが、『梟』がまとめてくれた報告書もこれだけだ。専門家を手配するのは尚早だろう」

「あ、確かに」

現状噂になっているのは『幽霊を見た』だけで、襲われたり呪われたりといった実害の報告はないらしい。……その段階になったら、手遅れかもしれないのは置いておくとして。

虫やネズミのように害が出るのが確定しているわけでもないので、本人の言う通り、王太子が動くのはまだ早いだろう。

「もう少し、皆の話を聞いてみるべきでしょうか」

「今はそれが一番だな。目撃情報を集めるのはもちろん、侍女たちの声に耳を傾ける王太子妃だと伝われば、専属候補も増えると思うぞ」

「それは助かりますね！」

ふりでも何でもなく、侍女たちの意見は極力聞くつもりだが、世の中にはそうでない者もごまんといる。

もしリネットがそういう人間だと誤解されているとしたら、この機会に挽回しておきたいし、仕えてもいいと思ってもらえたら嬉しい。

やや打算的ではあるものの、聞き込みをする価値はありそうだ。

「わかりました。私、少し話を聞きに行ってみます」

「ああ、頼む。『梟』は間違いなく優秀だが、上の者に要望を訴える場面でしか出てこない声もあるだろう。だが、くれぐれも無理はしないようにな。幽霊なんて、俺もどう対処をしたらいいのかわからん」

「普通に生活してたら縁がないですからね、幽霊」

あっても困る、と腕をさする部下たちに、少しだけ安堵する。くたびれているが、まだ皆、冗談に付き合う程度の気力は残っているようだ。

「とにかく、安全第一で動いてくれ。もしまた何かを見たら、すぐに言うんだぞ」

「任せて下さい！」

力強く答えれば、アイザックの手のひらがリネットの頬をそっと撫でる。

そういえば、途中からずっと抱き締められたままだったのだが、誰も何も言ってこない辺りがアイザック部隊の慣れを感じる。

あるいは、結婚したので諦められたのだろうか。

「俺もついて行けたらいいんだが、アレがな……」

横に動いたアイザックの視線を辿ると、執務机の上にはまだこんもりと書類の山が残っている。昨夜片付けたばかりでこれということは、今朝また増やされた可能性が高そうだ。

「だ、大丈夫ですよ。まだ明るい時間ですし、話を聞きに行くだけですし。できれば、夜は部屋に帰ってきて下さると嬉しいですけど」

「俺もむさ苦しい執務室に二日も閉じ込められるのはごめんだ。今夜は必ず部屋に帰る」

アイザックの強い言葉に、控えていた部下たちもこくこくと縦に首をふる。この部隊がむさ苦しいのはアイザックのせいなのだが、それは指摘しないでおこう。

「マテウス様も手伝いに来て下さいましたし、今日は大丈夫じゃないですか。それとも、オレもこっちを手伝います？」

「いえ、こちらは私たちがどうにかしますよ」

唯一あまりむさ苦しくない男が問えば、アイザックの代わりにレナルドが返す。さすが幼馴染なだけあり、修羅場にも慣れているような様子だ。

「グレアム殿も他の部署での目撃情報や、実害が本当に出ていないかを確認してもらえますか？　前例のない事態なので、貴方視点でも情報が欲しいです」

「了解です。まあ、実害が出ていたら、もっと騒がしいと思いますけどね」

グレアムが首肯すると、合わせるようにマテウスも頷いてみせる。机仕事は任せろ、ということらしい。

「レナルドお義兄様は、この手の話は信じないと思ってましたよ。もしかして、案外こういう話が苦手だったりします？」

「どんな内容でも、国民の声を無視するわけにはいきませんからね。苦手というのも否定はしませんよ。斬っても殴っても倒せない相手が敵になった場合、どう始末したらいいのか対処に困りますし」

「始末」

意外にも苦手だと認めたレナルドだが、続いた物騒な言葉に、グレアムとマテウスは頬を引きつらせている。

(そういえば、レナルド様は繊細な美貌に似合わず、かなり血の気の多い方だったわ)

敵に容赦しないのは軍人らしいが、それを王子様のような見てくれの彼が口にすると、予想外すぎて恐ろしい。

とはいえ、話題の幽霊はアイザック並みにしっかりとした体格の男性だと思われるので、これぐらいの心構えでちょうどよさそうだ。

気合いでどうにかなるとも思えないが、オドオド怯（おび）えているよりは、何とかして倒すぐらいの心構えのほうが安全だろう、多分。

（何にしても、まずは情報収集しないとね。皆が困ってるかもしれないし、これが専属侍女選考にも良い形で効いてくれるといいけど）

断られてしまったジルたちのことを思い浮かべつつも、王太子妃としてやるべきことに頭を切り替える。

かくして、ちょっと不思議な幽霊調査が始まることになった。

＊　＊　＊

アイザックの執務室を出たリネットがやってきたのは、使用人たちが集まる棟だ。

以前は自分もこういう場所に勤めていたな、と懐かしさを感じながら一室の扉を叩くと、応じた侍女は跳び上がるようにして後ずさった。

「お、王太子妃殿下!?　どうしてこのようなところに」

（そんなに驚かなくてもいいと思うんだけど……）

こうした態度をとられると、改めて自分の今の立場を思い知る。リネットが元はお掃除（そうじ）女中だったと言ったら、どんな反応をするだろう。

部屋の奥からは、お仕着せのエプロンを外した侍女たちが三名ほど続いて出てくる。詰め所のようなところと聞いて来たのだが、休憩中だったのなら悪いことをしてしまった。

「突然お邪魔をしてごめんなさい。ちょっと調べていることがありまして。楽にしていてくれて大丈夫なので、お話しだけさせてもらえますか？」

「は、はい……どうぞ、お入り下さいませ」

なるべく優しい口調を心がけると、礼をしていた侍女たちも少しだけ態度が柔らかくなる。

専属侍女探しも兼ねている以上、良い印象が残るように気をつけたいところだ。

「ありがとうございます。実は今、城内で幽霊が出るという噂があるそうなのですが、どなたかご存じですか？」

「あっ！」

リネットが早速質問をすると、侍女のうちの二人の目が明らかに変わった。

一人は恐怖に、一人は好奇に、だ。

「リネット様、この子が噂の幽霊を見てます！」

「ちょっと……！」

案の定、好奇心を見せたほうが、もう一人の肩を掴(つか)んで前に押し出してくる。

出されたほうは、明らかに怯えた様子だ。

「えっと、強制ではないので、無理に話さなくても大丈夫ですよ？」

「い、いえ……その、お話しさせて下さい」

リネットと年も変わらなそうな侍女は、顔を半分俯かせたまま、ぽつぽつと話し始める。

日付は三日前のこと。園遊会の準備を手伝っていた彼女たちは、いつもよりも仕事上がりが遅くなってしまったのだそうだ。

すっかり暗くなった廊下を歩いていたところ、例の白い幽霊が自分たちの隣を通っていったらしい。

「もやもやした煙みたいな……でも、人の形をしていたと思います。それも、かなり背が高くて、男性……だと思いました」

「なるほど、噂で聞いた姿と同じですね。何か危害を加えられたりはしませんでしたか？」

「はい、通りすぎていっただけです。すぐに消えてしまいました」

頷く侍女が示す目撃場所は、この棟の廊下だ。となると、出現範囲も意外と広い。

（私たちの寝室までは、ここから結構離れているし。兄さんの報告書にあった場所とも違うものね。場所が絞れないのは難しいかも）

「実は、私も一緒にいたんですけど、見たのはこの子だけなんです」

「えっ？」

証言を補完するように答えたのは、目撃者を押し出したほうの侍女だ。

同じ仕事をして一緒に歩いていたのに、幽霊を見たのは片方だけだったと、どこか残念そうに伝えてくる。

「この子が急に悲鳴をあげるからびっくりしました。でも、私には何にも見えなくて。こういうのって、普通はどちらにも見えると思うんですけど」

「それは意外ですね。何か見える条件があるんでしょうか……」

霊感の有無は、目撃した侍女の怯えぶりを見ると違うように感じる。それにリネットだって、幽霊を見たのは生まれて初めての経験だった。

「わ、私、嘘はついてません！　本当に白い幽霊を見たんです」

「それは疑ってませんよ。むしろ、怖いことを思い出させてしまってごめんなさい」

リネットが謝罪すると、侍女はほっとしたように小さく頷いた。

ちなみに、残りの二人は話だけは知っている程度との答えだ。若い娘はこういう話を好むか怖がるかだが、「自分は見えなかった」と言った侍女以外は怖がる側らしい。

四人が一緒に休憩をしていたのも、なるべく一人にならないように同職の仲間たちで相談して決めたことだそうだ。

「あっ、複数人で動くことは、もちろん許可をいただいてますから、その……」

「はい。皆さんがご自身で対策をして下さって助かります」

リネットが当たり前の答えをすれば、「よかった」という呟きが聞こえる。やはり、立場が上の者が急に来ると、怒られたり罰せられると身構える者が多いようだ。

あるいは、そういう経験があるのか。

（仕える相手を怖い人だと思っているのは、ちょっと寂しいわよね）

これまでの相手はそうだったかもしれないが、できればリネットはもっと穏やかな関係を築いていきたい。何せこちらは、支度を手伝ってもらわないと人前に出ることすらままならないのだから。

「もし何か困ったことがあったら、いつでも教えて下さい。どうか無理はしないように」

リネットがそう伝えると、四人はまた丁寧な礼を返してくれた。急に押しかけてしまったが、それほど印象は悪くなかった……と思いたい。

（それにしても、見える人と見えない人がいるのは新しい情報ね）

侍女たちに見送られて部屋を出たリネットは、少し考えてみる。

この手の話は、大抵皆が同時に見るものだと思っていた。よくある怪談でも、同行者は一緒に恐怖体験をしているものがほとんどだ。

「うーん。皆さんの中には、今回噂になっている幽霊を見た人はいます？」

部屋の外で待っていてくれた顔馴染の護衛に訊ねてみると、彼らは皆首を横にふって返してきた。

「私どもは仕事柄、深夜に一人でいることも多いですが、噂の幽霊を見た者はまだ一人もおりませんね」

「あ……いつもありがとうございます」

リネットが慌てて頭を下げると、彼らのほうが恐縮した様子でリネットを止めてくれる。

言われて気付いたが、護衛を含めた軍部の者たちは、夜中でも仕事についていることが多い。

特に、リネットが今暮らしている最奥（さいおう）の棟は、王族たちの居住区画だ。夜間警備につく者も、他とは比べ物にならないほど沢山いるだろう。

だが、グレアムが持ってきた報告書には、彼らの目撃情報はなかった気がする。

「ちなみに、昨夜も何も見ていませんよね？」

「はい。なので、今朝リネット様が『見た』とおっしゃった時は、とても驚いたんです。夜間の人員を、もっと増やしたほうがよいでしょうか」

「いえいえ、充分ですよ！　何の害もなかったですし」

職務熱心な彼らは警戒を強めてくれているようだが、不寝番（ねずばん）なんてただでさえ大変な仕事を増やすのは心苦しい。

それに、レナルドも言っていたが、幽霊相手に軍人がどうにかできるとは考えにくいので、苦労を増やすだけな気がしてしまう。

「そういえば、グレアム殿をはじめ『梟』の方々にも、目撃者はいないそうですね」

「そうなんですか？　兄さんは見えないのに、私には見えたんだ……」

護衛の話に、ますます疑問が増える。

同じ場所にいても見える者と見えない者がいたり、条件が合わないと出て来ないようなものは、本当に幽霊なのだろうか。

（なんだか、怪しい気がしてきたわね）

アイザックと出会ってから不思議なことに巻き込まれた経験が多いせいか、つい〝それ〟を疑ってしまう。

そう、リネットには原理がさっぱりわからない不思議な力――魔術の関与だ。

（でも、それならアイザック様が真っ先に気付きそう）

剣士として名高いアイザックだが、彼は同時に驚異的な魔術の才能も有している。

それはかつて、無意識下で女性避けを発動させていたほどで、国際指名手配犯やら魔術大国の王子様やら、とにかくその分野の者たちがこぞって彼を褒め称えているのだ。

そんなアイザックが気付いていないなら、やはり本当に心霊現象なのか。残念ながらリネットは詳しくないし、その分野の知人もいないのでわからない話だ。

「できれば、もう少し話を聞いてみたいけど……」

廊下を少し見てみれば、視界に入ってくるのはずっと頭を下げたままの者たちと、なるべくリネットのほうを見ないようにしている者たちの二種類だ。

私室に来て支度を頼むような侍女たちですら畏縮していたのだから、他の使用人たちが突然訪れた王太子妃に戸惑うのも当然かもしれない。

（正体をはっきりさせたほうがいいと思ってそのまま来ちゃったけど、今の私って皆から見たら対応に困るような存在なのね）

つい元お掃除女中のノリで動いてしまったが、困っている話を聞くためにリネットが皆を困らせてしまったら本末転倒だ。

彼らに話を聞くのなら、あらかじめ約束をしてから訪問するか、タンスの奥にしまわれているお仕着せを引っ張り出す必要がありそうだ。

（専属侍女の件に気を取られすぎてたのかも。失敗してしまったわ）

表情には出さないように反省をしてから、部屋に戻る旨を護衛たちに伝える。途端に、廊下の空気が軽くなった気がして、思わず笑ってしまった。

「もうよろしいのですか？」

「『梟』も調査してくれているでしょうし、一応私にも仕事がありますので、今日のところは。次は先に連絡を入れてからお邪魔するようにします」

「かしこまりました」

恭しく答えてからリネットを囲むように立つ彼らに、改めて自分がそうされる立場だと思い知る。この後帰ったら、すぐに約束をとりつけてもらおう。

「とりあえず、夜を待ちましょうか。幽霊といったら夜に動くものですし」

「そうですね。今夜は廊下にしっかりと火を焚いて、警備に当たらせていただきます！」

「それは……火事にならないように気をつけて下さいね」

「はい、お任せ下さい！　祭り並みに明るい夜にしてみせますよ！」

妙な方向に気合いを入れる護衛たちに、ひとまず笑って返しておく。

幽霊は暗いところや湿ったところに出やすいという説もあるらしいので、完全に無意味でもないだろう。

（今夜は何も起こらないといいな）

誰に願うでもなく思ってから、リネットは静かに使用人たちの棟を後にした。

＊＊＊

その後も比較的穏やかに仕事を終えて、迎えた夜。

残念ながら侍女選考は進まなかったものの、愛しい旦那様はちゃんと部屋に帰ってきてくれている。……のだが。

「ぐう……」

「アイザック様がこんなに爆睡しているの、久々に見たわ」

よほど疲れていたのか、アイザックはベッドに入るやいなや、冗談のような早さで寝落ちしてしまった。

部屋にはまだ煌々と明かりがついているのに、関係ないとばかりに天蓋を仰いで寝息を立てている。まるで、遊び疲れた子どものように。

そんな状態でも、湯浴みと着替えはきっちり済ませている辺り、彼の高貴な育ちがよくわかるというものだ。

「お疲れ様でした、アイザック様」

お腹で止まっている毛布を肩までかけてあげると、リネットは部屋の明かりをゆっくりと消していく。最後に天蓋を閉じれば、二人だけの世界の完成だ。

(甘い時間はなさそうだけど、隣にいて下さるだけで充分だわ)

隣に潜り込めば、眠ったままのアイザックがすり寄ってくる。

昨夜とはまるで違う、ぽかぽかとした温かさがたまらなく愛おしい。

「おやすみなさい」

そっと囁いて、リネットも目を閉じる。

今夜はよく眠れそうだと、期待を胸に意識を手放して――しかしリネットが次に目覚めたのは、夜明けには届かない暗闇の中だった。

「……は？」

変な時間に目覚めたにもかかわらず、妙に意識がはっきりしている。

確認した時刻は、夜明けの約二時間前。だいたい昨夜と同じぐらいの時間だ。

「なんでまた、この時間に……」

隣を窺えば、アイザックは変わらず気持ちよさそうに寝息を立てている。

最愛の旦那様がここにいるのだから、寂しくもなければ幻覚など見るはずもない。

「なっ……⁉」

なのに、それは天蓋の向こうに現れた。

白くて、もやもやとした輪郭の何かが。

（いや、昨日よりも輪郭がはっきりしてる！）

天蓋をめくって見れば、それはより顕著に視界に飛び込む。

アイザックと同じぐらいの大きさとしか感じなかった幻覚が、今夜は間違いなく〝男性の形〟をしているのだ。

しっかりとした肩幅に、たくましい体つき。リネットの隣で眠るアイザックの、鍛えられた体にそっくりだ。

「っ！」

アイザックではない男が、二人の寝室にいる。そう認識すると、恐怖とも怒りとも言えぬ感情がリネットの思考を埋め尽くす。

それが、すでに死んだ者であろうと何であろうと、向ける言葉はただ一つ〝今すぐ出て行って〟しかない。

「このっ！」

とっさに枕を掴んで、白いもやもやに投げつける。勢いよく飛んだ枕はソレを霧散させると、そのままボスンと音を立てて壁にぶつかった。

「リネット？」

「わっ」

すぐ近くで聞こえた声にふり返ると、いつの間にか上半身を起こしたアイザックに、ぐっと肩を抱き寄せられた。

紫眼(しがん)はぱっちりと開いていて、とても先ほどまで眠っていたとは思えない覚醒ぶりだ。

「殿下、何ごとですか！」

続いて、アイザックの私室側の扉から、強いノックと足音が聞こえてくる。

廊下にいても枕の音に気付いたのなら、大したものだ。

「俺は何ともない。リネット、何があった？」

「起こしてしまってすみません。白いもやもやしたものが……」

「……例の幽霊か」

アイザックは一度強くリネットを抱き締めてから、ベッドを降りていく。

ゆっくりと、用心深く周囲を見回しながら歩いて……やがて、リネットが投げた枕を拾いあげた。

「異常はない。外は？」

「はっ、こちらも問題ありません」

「わかった。引き続き警戒してくれ」

勇ましい衣擦れが聞こえた後、扉の向こうから足音が遠ざかっていく。

すぐにこちらに来たのなら、廊下にいた彼らは何も見ていないということだろう。

（また、私だけ……？）

さすがに二日続けてのことに、背筋が寒くなる。危害を加えられたわけでなくとも、気味の悪い話だ。

「リネット、詳しく話せるか？」

拾った枕を洗濯用の籠に入れてから、アイザックがベッドに戻ってくる。

まっすぐな目と、真剣な表情をした彼に、少しだけ不安が和らいだ気がした。

「昨日よりも、はっきり見えました。白っぽい人影で、やっぱりアイザック様に体格がよく似ています。背の高い男性だったかと」

「また俺か。今日は隣にいたのだから、俺の生霊などではないと思うが」

「さすがにアイザック様を疑ったりしませんよ」

リネットが慌てて首を横にふると、アイザックは小さく息をついてから、リネットの肩にまた腕を回して抱き寄せてくれる。

　心地よい熱がじわじわと広がり、速まっていた鼓動も徐々に落ち着いてきた。

「……ありがとうございます」

「いや。レナルドの真似ではないが、どう倒すべきかわからないものは厄介だな」

　アイザックはそのままごろんと横になると、リネットにしがみつくように全身をくっつけてくる。

　伝わってくる体温は、少し熱いぐらいだ。

「夜明けまでまだ時間がある。眠れそうか？」

「アイザック様がいて下さるなら、きっと大丈夫です」

「無論だ。離れるつもりはない」

　リネットの瞼に口付けを落とすと、アイザックは投げた枕の代わりに自分の腕を頭の下に差し込んでくれる。

　温かくて、いい匂いがして、不安な心が溶けていくようだ。

「おやすみリネット。俺がずっと傍にいるからな」

　眠りにつく前とは逆だな、と思いながら、目を閉じたリネットは意識を手放していく。

　夢も見ないまま、安らぎに身を委ねて――しかし翌朝、事態はより面倒な方向へと動き始めることになった。

＊　＊　＊

「目撃情報が、昨日よりも急に増えてる？」

急いで集まって欲しい、とレナルドから呼び出されたので、朝食もとらずにアイザックと執務室へ向かうと、第一声で伝えられたのがこれだ。

幽霊の目撃数は昨日の倍以上に膨れ上がり、ただの噂話がたった一日で〝騒動〟と呼べるほどにまで増えていたのである。

「男飯ですみませんが、リネットさんもどうぞ」

「あ、ありがとうございます」

レナルドに手渡された大皿には、丸型パンに分厚いベーコンと葉野菜を適当に詰め込んだものがぎっしりと載っている。

お肉信者のリネットとしては好ましいが、作法に厳しいレナルドが王太子妃に提供する料理としては、かなり珍しい。

（そんなに切羽詰まっているんだ）

ひとまず一つもらって、早速かぶりつく。わざわざ男飯と言っていた通り、きっと王城の料理人ではなく部隊の誰かが作ったのだろう。大雑把(おおざっぱ)で味もちょっと濃かったが、リネット的にはやはり好きな味付けだった。

しかしその間にも、アイザックやレナルドのもとには、部下たちがひっきりなしに報告に来ている。

横から手元を覗けば、数を数えるために引いた線が軽く三十を超えていた。

「昨日一晩で、そんなに……？」

「幸い、襲われるような被害は出ていないのですけどね。……私も見ましたよ」

「レナルド様も!?」

まさかの返答に、うっかり朝食を落としそうになってしまう。

アイザック直属隊の者は皆見ていないと言っていたのに、側近のレナルドが見たとなると、幽霊が見える者の条件がますますわからなくなってくる。

（心が弱い人には見えるとか、そういう線も考えていたんだけど）

どう考えても心身ともに頑強な彼に見えたとなると、心の在り方は関係なさそうだ。

それからも十数分ほど慌ただしい報告が続き、結局落ち着いた頃には目撃者の数は六十を超えるほどになっていた。

「これはまずくないですか……」

「まずいな」

丸パンをもぐもぐかじりながら、執務室に集まった一同はため息をつく。もちろん、食事が不味(まず)いのではなく『事態がまずい』のほうだ。

幸い、損害や怪我人(けがにん)などは全く出ていないのだが、たった一晩で六十人も幽霊を目撃しているのは明らかに異常だ。

しかも、全員が同じ場所に集まっていて見たわけではない。

バラバラの場所でバラバラのことをしていた者たちが、同じような幽霊を見ているから余計におかしいのである。

なお、今集まっている中では、リネットとレナルド、そして他二名のアイザックの部下が目撃している。一緒に護衛にあたっていた者を含めて、他の者たちは見ていないそうだ。

「やっぱり、同じ場所にいても見える人と見えない人がいるんですね。昨日話を聞きに行った侍女たちも、そうだったと教えてくれたんです」

「幽霊ってそういうもんだったか？　確か霊感とか霊視能力って、見えるやつに触ると一時的に移るって聞いたことがあるんだが」

遅れて合流したグレアムも、訝しげに首を傾げる。ちなみに彼は見えなかった組だ。グレアムの部下である『梟』たちも、一人も幽霊を見ていないらしい。

「霊感のあるなしは存じませんが、私は今まで一度もそういうものを見たことがありません。リネットさんと同じですね」

「と言いますか、これ本当に幽霊なんでしょうか？」

リネットの質問に、皆何とも言えない表情で口を閉ざす。

場所も目撃者の業務も全くバラバラだ。自分で「見た」と軍部や警備の係に言ってきた者もいれば、様子を探っていた『梟』によって報告された者もいる。

一致しているのは、彼らが見た幽霊の見てくれだけだ。

(基本的に、白くてもやもやした姿。長身の男性に見える者もいる、か)

リネットが見たものも全く同じだ。

ついでに、投げた枕が通過してしまったので、物理干渉はできないと思っていいだろう。

「幽霊ではないな」

「えっ？」

困惑する執務室に、アイザックのはっきりとした声が通る。

それも、〝恐らく〟とは言っていない。〝違う〟と断言した声だ。

「リネットは、昨夜の正確な目撃時間を覚えているな？」

「はい。時計を確認してますので」

「明かりのない暗闇で見えたところがさすがだな。他の者たちはおおよその時間で報告に来たようだが……だいたい一致している」

「は？」

アイザックの発言に、全員の声が重なった。

目撃者たちの職や目撃場所がバラバラだったことは、つい先ほど確かめたばかりだ。

それなら、時刻が一致するのはありえない。

「目撃時刻が一緒だとしたら、あの白い幽霊は何体いるのですか!?」

「だから、幽霊じゃないと言っているんだ」

真っ先に問うたのは、同じ時刻に目撃したレナルドだ。ゆえに、アイザックの答えにも納得である。

幽霊とは、諸説あれど死者のことだ。肉体を失った者が、なんらかの理由で現れてしまったものをそう呼んでいる。別の言葉だと『魂』ともいえる。

アイザックの指摘通り、目撃時刻がだいたい同じだとしたら、似たような男が六十人いたことになってしまう。

(それは絶対にないわね)

仮に、似たような体格の軍人集団がいたとしても、六十人は多すぎる。

しかも、それが幽霊だとしたら、その集団が王城で一気に亡くなっていることになる。そんな記録があれば皆知っているだろうし、真っ先に思いつくはずだ。

となると、同じようなものを同じ時刻に、別の場所で目撃するのはおかしい。

……量産が可能なものでもない限り。

(物質ではなく、現象の量産は……可能、よね)

リネットがアイザックの目を見返せば、彼は質問を察したように頷く。

正直なところ、『またか』という思いが強いが、そういうことだろう。


「もしかして、また魔術絡みですか？」

「もしかしなくても、そうだな」


疲れたように肯定したアイザックに、皆の空気も「うわあ」と言わんばかりの白けたものになっていく。

アイザックの傍にいるようになってからというもの、それに煩わされる機会が本当に多すぎるのだ。

このロッドフォードという国は、本来魔術とは無縁であるはずなのに。

とはいえ、この現象が魔術であるなら由々しき事態だ。国内で最も安全であるべき王城内において、何らかの攻撃を仕掛けられたかもしれないのだから。

「…………」

レナルドを筆頭に、部下たちの空気が張り詰めていく。探すとしたら、どこからか。疑うとしたら、狙われている人物は――。

「いや、待って下さい殿下。おかしいです」

そこに異議を唱えたのは、目撃情報の多くを届けたグレアムだった。

皆がばっと彼に注目すれば、神妙な面持ちで言葉を続けていく。

「今この国にいる『魔術師』は、アイザック殿下だけです。色々あったおかげでオレも父も目を光らせてますので、間違いありません」

「お父さんも？」

グレアムの言う父……リネットの父親でもある辺境のアディンセル伯爵は、先代の『梟』の頭領でもある人物だ。

お人よしでぽわぽわしているようにしか見えないが、一線を退いても彼の諜報技術や情報網は衰えておらず、国中の事象を掌握しているとの噂もあるらしい。

「俺は別に魔術師ではないが……それについては同感だ。魔術師が入ってきたとも、何かを仕掛けられたとも思っていない」

「あ、そうなんですか？」

意外にもアイザックは、グレアムの意見をさらりと肯定した。

ということは、この幽霊騒動は危険なことではないのだろうか。

「ですが、魔術が原因なのですよね？」

「そうだな」

レナルドが確認すると、こちらも肯定する。

　では一体何なのかと、魔術に詳しくない部隊の者たちは、眉間に皺を寄せて困惑してしまう。魔術がかかわっている時点で『ロクな話のわけがない』と思ってしまうのは、この国に住む人間なら当然の反応でもある。

「魔術によって引き起こされた事象には違いないが、恐らく、俺たちに危害を加えるためのものではないと考えている」

　アイザックはすっかり冷めてしまった丸型パンを口に放り込むと、語るべき言葉をまとめるように咀嚼していく。

「まず大前提として、この国で魔術師が普通に魔術を使うことはできない」

　少し待って、教えるように語られた言葉に、皆も頷く。

　ロッドフォードは魔術を使えない者たちの亡命によってできた国であり、この山岳地帯には魔術を使うための燃料となる『魔素』が存在していない。

　実は地下に魔素を吸収する特別な石の鉱脈があって、そのせいで地上では魔術が使えないのだが、今は割愛しておこう。

「それでも魔術が発動している理由として、俺は『魔導具』がどこかで発動しているのだと考えている」

「魔導具、ですか？」

　リネットがつい胸元に手を添えると、アイザックはしっかりと首肯を返してくれた。

魔導具とは魔術を内に納めた物の総称で、金銭価値に換算すると小さなピン一つで豪邸が建つほどのとんでもない代物である。

並みの魔術師ではまず作れない難しい物でもあるのだが、このアイザックという天才は、それすらも簡単に作りあげた記録があったりする。

……今はもう効果がなくなってしまったが、少し前まではリネットの胸元と薬指を飾り、守ってくれていた。

とにかく、アイザックは幽霊騒動の原因が、その魔導具であると考えているようだ。

「でも誰が、何のために？」

「それは俺にも全くわからん。俺の知っている魔導具を扱える者は、意味のない物をこの国に持ち込まない。管理も厳重だろうしな。断っておくが、俺も作っていないぞ」

「ですよね……」

つい先日まで滞在していたマクファーレン――魔術を自由に使える環境でのことを思い返してみても、アイザックが魔導具を作っていた記憶はない。

また、かの国で知り合った魔術師も、騒動を起こすような物を作る人物ではなかった。他にリネットが知っている魔術師たちを思い浮かべてみても、該当する者はいない。

それに、ロッドフォードでは『恐ろしいもの』という印象が強い魔術だが、彼らには彼らの決まりがあるため、無暗やたらと魔術を使うとは考えにくい。

「そもそもの話、これは何の魔術なんですか？」

「そこも謎だな。もし誰かを脅かすためのものなら、幽霊の姿はもっと悍ましいはずだ。人型をとるにしても、血まみれとか内臓がはみ出てるとか、そういう姿を作るだろう」

「うわ……考えたくないですね」

もしそんな姿の幽霊が出たとしたら、今頃城内は大惨事だ。気の弱い目撃者などは、衝撃で死んでしまうかもしれない。

「俺としても、今は何をしたいのかさっぱりわからん」

「そうですか……」

結局のところ、わかったのは本物の幽霊ではないということと、多分害のない魔術であること、だけのようだ。

「まあ、図体のでかい男ってだけでも、結構怖いですけどね。私は怖かったですよ」

「レナルド様も同じぐらい背が高いじゃないですか。でも、幽霊じゃないとわかっただけでも、ちょっと安心です。心霊系はやっぱり苦手な人も多いですし」

「公表するかどうかは、まだ悩むところだがな」

三人で同時に皿に手を伸ばして、同時に丸型パンにかぶりつく。わけのわからない事態を、少しでも咀嚼しようとしているのかもしれない。

「もぐもぐ……原因が魔術だと言われたほうが不安になる者もいるだろうし、見える者と見えない者がいる理由もよくわかっていないからな」

「わからないことばかりですね……はむっ」

だがまあ、連日寝室に侵入してきたもやもやが、死者ではなかったのは朗報だ。

アイザックとの大切な部屋に見知らぬ誰かが入ってこられては、いい気分はしない。

「俺はこの魔導具が原因の線で探ってみるつもりだ。他の者たちは、騒動がこれ以上広がらないように、話を聞いて落ち着かせてやって欲しい」

「それは、殿下が調査に動いていると伝えてよろしいので？」

「ああ。それで安心させてやれるなら、俺の名は好きに使ってくれ」

レナルドたちにそう伝えると、アイザックは心当たりがあるのか、丸型パンを咥えたまま執務室から去っていった。

残った者たちは顔を見合わせてから、新しい一日に向けて仕事の準備を進めていく。

ただ、幽霊という不気味な理由がなくなったこともあって、慌ただしくもどこかさっぱりとしたような雰囲気だ。

「騒動の解決が最優先とは言え、こっちはどうしましょうかね」

「こっち？」

そんな中で、困ったように呟いたレナルドの声に、リネットは軽い気持ちで視線を向ける。

「ひっ！」

そこにあったのは、アイザックの執務机。……昨日からほとんど変わらない量の書類が、うず高く積まれていた。

アイザックが寝室に来たので片付いたのかと思っていたが、そんなことはなかったようだ。

「こっちはこっちでまだ終わっていないものですから。困りましたね。マテウス殿が今日も捕まるといいのですけど」

「あ、あはは……」

どこか遠くを見つめるレナルドに、リネットは乾いた笑いを返すことしかできない。

なお、グレアムはいつの間にか執務室から姿を消している。実の兄ながら、毎度見事な危機回避能力だ。

（幽霊じゃなかったことだけは朗報だったけど）

……色んな意味で、前途多難だ。

３章　最高の助っ人と幽霊もどきの謎

「リネット、今いいか？」

「あれ？　兄さんここにいたのね」

アイザックが退室したことで執務室の面々も動き出したので、リネットも一度部屋へ戻ろうと廊下に出たところ、どうやら彼は外でリネットを待っていたようだ。

単に書類仕事から逃げたかったのか、それともリネットにだけ用があったのか。

(両方、かしらね)

先ほども、リネットがあまり知らされていない父伯爵の情報などを出してくれた兄だ。

普段から女装したり脅かしてきたりとふざけた態度も多いものの、根は真面目な男でもある。

期待半分不安半分で待っていると……彼の両手が、ポンとリネットの肩を掴んできた。

「さっきからずっと気になってたんだが、お前はなんて格好で招集に応じてるんだよ」

「………………ごめんなさい」

グレアムの完全に呆れた声に、リネットは素直に謝罪を返す。

実は、急ぎの呼び出しに応じるために、リネットは寝間着の上に厚手のコートを羽織っただけの姿でこの場に参じていたのだ。

当然のことながら、髪型は就寝用にゆるく結ったままで、化粧などしているはずもない。

ただ、一つ言い訳をさせてもらうなら、羽織っているコートはアイザックのものを借りている。そのため、身長差の分丈に余裕があり、寝間着も足もほとんど見えていない。

まあ、髪などを見れば、下に着ているものが何か察しがつきそうな格好ではあるが。

「まったく、仮にも王太子妃がこんな格好で部屋から出るなんて。ちゃんとすると言ったばかりだろうが」

「急ぎって言われたのに、支度（したく）なんてしてもらってる場合じゃないでしょ。私も二日続けて幽霊もどきを見てるし、何か緊急の事態だと思ってたのよ」

「確かに、普通の事態じゃあねえけど……はあ」

言い訳を講じるリネットに、グレアムはがりがりと頭を掻（か）く。

そんな粗雑な行動をとっていても顔だけは美少女なのだから、羨（うらや）ましい限りだ。

「なんというか、これはもっと早くから手配しておくべきだったか」

「何の話よ？」

「いや、お前が専属侍女の候補に逃げられたって言ってた時点で、動いとくべきだったかなと思って」

「に、逃げられてないわよ、失礼ね！」

単に条件が合わなくなってしまっただけだ。

彼女たちは決して、リネットが嫌になって退職したわけではない。……そう信じたい。

「新しい候補が見つかってないなら、同じようなもんだろ。おい、頼む」

「はい」

意地悪な兄に怒ろうとして——その隣から聞こえた女性の声に、リネットはぴたっと動きを止めた。

グレアムがリネットの肩から手を離して一歩下がると、いつの間にか立っていた人物が視界に入ってくる。

「あっ！」

装いは黒を基調とした、最近よく見る侍女のお仕着せだ。

きちっと結い上げられたハシバミ色の髪に、同じ色の少し気弱そうな瞳。人好きのする優しい笑みを浮かべた女性は、ゆっくりと淑女の礼をとってみせた。

「お久しぶりです、リネット様」

「ミーナ、久しぶり！」

リネットが名前を呼べば、彼女の白い頬がかすかに桃色を帯びる。ミーナは生家で暮らしていた頃に近所に住んでいた、いわゆる幼馴染だ。

グレアムと同じ歳で、貴族令嬢とは思えない暮らしをしていたリネットを気遣い、優しくしてくれた女性でもある。そして、彼女も『梟』の一員であり、今はグレアムの部下だ。

再会したのはちょうど一年ほど前、グレアムがアイザックに喧嘩を売っていた時という、何ともいえない状況だったのだが……もう済んだ話だ。

「元気そうでよかったわ。全然会えなかったから、てっきり領地のほうに戻ったのかと思ったぐらいよ」

「リネット様も、お元気そうで何よりです。『梟』は立場上、姿を見せないものですから。ご無沙汰していてすみません」

「あ、それはそうね」

確かに、がんがん表に出てくる諜報員はいないだろう。

グレアムもアイザックの部下だからこそ姿を見せるのであって、執務室以外では要請されなければあまり出てこない。リネットのもとに現れる時ですら、どこからともなく出てきては驚かせる始末だ。

(そういえば、ミーナも突然現れたわね、今。足音とか全然聞こえなかったわ)

当然のように、執務室の唯一の出入口は閉じているし、壁際に控えている部下たちも突然増えた女性に困惑気味だ。

彼らの気配を全く感じさせない動きを見る度に、本当は魔術師なのではないかと思ってしまう。もしくは、おとぎ話に出てくるような魔法使いかもしれない。

「それで、出てきてくれたってことは、私に何か用なのよね」

「はい。しばしの間、リネット様に侍女代わりとしてお仕えすることになりまして」

「えっ？」

にっこりと微笑む彼女に、リネットのほうが目を瞬く。

黙ってやりとりを見ているグレアムに目配せをすれば、彼もその通りだと深く頷いてみせた。

「昨日も言ったが、幽霊騒ぎのせいで休職したがってる侍女もいるからな。今朝の状況を見る限り、そういう考えのやつも増えてるだろう。専属が決まるまでの間、いつでも傍に置いておける人員として、ミーナに頼んだんだよ」

「ご安心下さいませ。これでも、侍女職の技術は心得ております」

……つまりは、疑似的な専属侍女ということか。

グレアムの言う通り、もしリネットの寝室にも幽霊が出ると知られたら、侍女たちが来たがらなくなる可能性は高い。支度が一人でできない以上、嫌がらずにいつでも傍にいてくれる人物はとてもありがたい。

しかも、『梟』ならばリネットを裏切ることはないはずだ。幼馴染として、リネットを幼少期から知っているミーナならば、なおさら安心できる。

「最高の人選じゃない！　ありがとう兄さん、大好き！」

「おう、任せろ」

素直に感謝を伝えれば、グレアムもニッと歯を見せて笑いながら親指を立てる。

ここ数日は反省したり考えたりすることも多かったが、こうして支えてくれる人がいることは頼もしい限りだ。

「とはいっても、私はあくまで臨時の侍女ですから。本職の方が決まりましたら、『梟』に戻らせていただきますので、ご容赦下さいませね」

「あっ、そうよね。ちゃんと覚えておくわ」

申し訳なさそうなミーナに、リネットも了承を返す。

信頼できる人が傍にいてくれたら嬉しいが、あくまで本職を休んできてもらっているということは忘れてはいけない。

それを忘れてしまったら、カティアの時と同じになってしまう。

（カティアさんも本当は王妃様の女官なのに、ずっと甘えてしまっていたもの。今回は忘れないようにしないとね）

とにもかくにも、まずはこの恥ずかしい格好をどうにかするところからだ。

アイザック直属隊の者たちは、お掃除女中だったリネットのことも知っているから大丈夫だとは思うが、それでも今の肩書きは王太子妃だ。

もし誰かに見られでもしたら、夫のアイザックの立場を悪くしてしまうかもしれない。それは絶対に避けたい。

「ミーナ、早速だけど私の支度をお願いしてもいいかしら？」

「もちろんです。さあ、リネット様のお部屋へ戻りましょう」

彼女は再び礼の姿勢をとると、リネットから一歩下がったところにすっと控えた。つかず離れずの位置でついてきてくれるということだろう。

（おお……！）

カティアを始め、専属でない侍女たちも支度が済んだら別行動になっていたため、移動をする時には護衛の軍人たちとしか歩いたことがない。

自分に付き従ってくれる女性がいるというだけで、少し新鮮な体験だ。

専属侍女が正式に決まったら、こうした機会も増えるのかもしれない。

（どこへ行くにも連れ回すようなことはしないけど、同性が傍にいてくれると安心感が違う気がするわね）

控えていたいつもの護衛たちも、すぐにいつもとは違う配置についた。リネットとミーナの両方を守れる立ち位置だ。

「ふふ……」

ついこぼれてしまった笑みに、彼らもどことなく嬉しそうにリネットたちを守ってくれる。

とんでもない数の幽霊の目撃者が出たりと慌（あわ）ただしい朝ではあったが、良いことが一つあると、それだけで心が浮き立つ。

我ながら現金なものだと思いつつも、専属侍女（仮）と共に歩いた廊下は、いつもより楽しく感じられた。


ほんの数分の移動を終えて部屋に戻ると、ミーナは早速リネットの支度にとりかかってくれたのだが——ミーナの侍女としての腕前は、予想をはるかに上回るものだった。

「すごい……！　ミーナ、本職の方よりも上手いんじゃない⁉」

「恐れ入ります」

彼女が選んだ臙脂色のドレスは、派手ではないけれど上品で、まず趣味がいい。

着付けについても、締めるところは締めているのにきつくないという理想的な仕方で、姿見で確認した全体のバランスも非常に整っていた。

リネットの比較対象の最上はカティアなのだが、その彼女にも負けない丁寧な仕事ぶりだ。

（腰を捻ったりしても着崩れしない……本当に上手いわ）

化粧も自然な仕上がりになっているし、髪だって子どもっぽくなりすぎず、でも甘さがあるような絶妙な編み込みにしてくれている。

あくまで臨時だと言っていたので、技量もそれなりだと思ってしまったリネットは、床に頭をこすりつけて謝りたいぐらいだ。

これは、一朝一夕で覚えたような付け焼刃の技術ではない。長い時間と訓練を重ねなければ身につかない、熟練者のそれである。

「ミーナって、侍女としてお勤めしていたことがあるの？」

「いえ、私はあくまで『梟』ですから。ただ、こうした技術を身につけておくと、潜入が楽になることがあるのですよ」

「なるほど。色々と大変なのね」

あまりにも気配が察知できないので、いつもどこかに隠れて情報を得ているとばかり思っていたが、やはり潜入捜査をしたりもするのだろう。

一筋縄ではいかない、危険な仕事だ。

「学ぶことは多いですが、昔の『梟』と比べれば、私たちは楽なものですよ。昔は暗殺の技術を持たなければなりませんでしたから」

「あ、確かに……」

本来の『梟』こと初代アディンセル伯爵が暗殺者だったことは、リネットももちろん知っている。騎士王が手を汚さなくてもいいように、裏で諸々を片付けていた者が一族の祖先だ。

現在は殺しは請け負っていない彼らだが、頭領のグレアムを始め、皆『梟』の技術自体はしっかりと継承しており、アイザックにかかわる荒事でその戦闘力の高さを度々披露してくれている。

「でも、戦う技術だけが大変なわけじゃないと思うわ」

「え？」

姿見越しに、ミーナと目を合わせる。確かに人を殺めることはなくなったかもしれないが、ミーナはちゃんと別の技術を学んでいたのだ。

どんな分野だって、それを職として得るためには大変な苦労を伴う。

諜報部隊としての身のこなしと、本職の侍女として通じる技術の両方を持っているのなら、単純に考えて二倍努力をしてきたということである。

「代わりに身につけた技術がこれなら、私はやっぱりすごいと思うし尊敬するわ」

「リネット様……」

そして今は、その両方の技術をリネットのために使ってくれている。たまたま近所に住んでいたから交流を持っていただけで、リネット自身は彼女のために何かしてあげられたわけでもないのに。

これはとても幸運なことであり、心から感謝をすべきことだ。

「協力してくれて、本当にありがとう。私、まだまだ王太子妃としては足りないけど、頑張るのでよろしくお願いします！」

願いを込めて頭を下げると、くすくすと控えめな笑い声が聞こえてきた。

「もちろん、全力で協力いたしますよ。私たちこそ、貴女のおかげでここにいられるのです。

敬意と親愛をもってお仕えいたしますとも」

そしてミーナは、静かに膝をついてリネットに頭を下げる。まるで、絵本で見る騎士の忠誠の礼のようだ。

「ミーナ？　顔を上げて！」

「リネット様が頑張っていらっしゃることは、ちゃんと存じております。何度命の危機に瀕しても、貴女はアイザック殿下の傍にいるために戦われた。普通の淑女では、まず耐えられなかったことでしょう」

「まあ、普通じゃないからね……」

ミーナの言う通り、アイザックと共に生きると決めてからも、波乱の日々だった。

〝剣の王太子〟の周囲は問題が途絶えることがなく、リネットだって誘拐されたり人質にされたり、冬の雪山を登ったりもしている。

今回の一件だって、幽霊もどきを二度も見て『また魔術か』なんて言っているのがまずおかしい。一般的な淑女ならば、寝込んでしまうだろう。

そんな自分を恥じる一方で、誇らしくも思う。アイザックの隣には、きっとリネットのような妻こそが相応しいのだと。

（でも、やっぱり真っ当な王太子妃としてすべきこともしたいのよね）

特に、今気にしている専属侍女が決まっていないことは問題だ。

専属という〝リネットを選んでくれた者〟がいないことは、リネット自身の価値にもかかわってくる。王妃のようなちゃんとした王太子妃になりたいと宣言した以上、瑕疵になりそうな問題はなるべく早く解決したい。

「リネット様がリネット様らしく頑張って下さるから、私どもは〝普通〟であるべきものを支えさせていただきますよ」

「ミーナ……」

「両立はきっと難しいでしょう。ですので、誰にでもできる普通はお任せ下さい」

立ち上がったミーナは、優しい顔立ちには似合わず、ぐっと拳を握って応えてくれる。なんとも頼もしい姿だ。

「ゆえに、準備にもたつくような侍女は必要ありません。私どもの仕事は、あくまで下準備。本音を言うなら、一瞬で終わってしかるべきです」

「いや、それは言いすぎでしょう」

しかし続いた言葉がぶっ飛んでいたので、思わずツッコミを入れてしまった。

一瞬で着替えや化粧が終わるのは、それこそおとぎ話の世界だ。便利だろうが、それができたら人間ではない。

「それぐらいの気持ちで臨むべしということですよ。私も魔術が使えたなら、絶対にそういう技術を取得しましたのに」

「あったかな、そんな魔術……」

ミーナの主張は、言うなれば黒子の極意だ。さすがは人に察知されない技術を極めた『梟』の一員と称賛すべきか。

（ただ、なんというか、生き生きしていて楽しそうでもあるわね）

きっとミーナは裏方仕事が好きなのだろう。その考え方は、リネットにとっては新鮮にも感じられる。

支度をしてもらう側であるリネットは、嫌われないように努めるべきだとずっと思っていたのだが、侍女の仕事に望んでついた者には失礼だったのかもしれない。

（私もちょっと考え方を変えてみるべきかもしれないわね。身支度を整えてもらうことは〝迷惑をかけること〟だと思ってたけど……）

思い返せば、リネットも掃除や雑務をすることが嫌だったわけではない。端から見たら大変そうにしか見えない仕事でも、やりがいを感じながらしてくれる人もいるはずだ。

（私は私の立場で、見極めていかないとね）

お掃除女中から雇われの婚約者になり、そして王太子妃とリネットの生活環境は大幅に変わり続けている。

その中で、リネットが変えていくべきものと、変えずにいるべきものは何なのか。それは、多くの人々と向き合うことで、答えが見つかる気がする。

（まずは今できることを進めていこう）

一息ついてから姿見に向き合えば、らしい姿になった今のリネットが見える。

まずはアイザックの妻として、今すべきことを。丁寧に礼をするミーナに再度鏡越しの目配せをしてから、リネットは自室の扉にそっと手をかけた。

＊　＊　＊

さて、ミーナを伴ってやってきたのは、昨日も訪れた使用人棟の一室だ。もちろん昨日のうちに訪問の報せを出してあるので、今回は怯えられる心配もない。

……と思っていたのだが、予想に反してリネットの視界に飛び込んできたのは、顔色をなくした女性たちが身を寄せ合う姿だった。

「失礼ですが、貴女がたの今日の仕事は？」

「今は休憩をいただいています。まともに動けなかった子は、部屋に戻しました」

ミーナがすかさず訊ねると、侍女の一人が青い顔のまま答える。

お仕着せ姿のミーナは同じような立場の者だと思ったのか、リネットよりはいくらか気安い様子だ。

しかし、本当に参っているのだろう。リネットが誰なのかを理解していても、失礼な態度をとらないように、という気遣いが抜けてしまっている。

（思ったよりも、幽霊騒動が響いてるなあ……）

同じものを見ているリネットも不気味には感じたものの、さすがにここまで凹むようなことはない。この辺りが、野生児として育ったリネットと、普通に育った女性たちとの違いなのだろう。

「ミーナに来てもらえたのは、色んな意味で正解だったみたいね」

「そのようですね。王城に勤める者がこの体たらくとは、嘆かわしい」

「ま、まあまあ。そう言わないであげて」

仕事熱心なミーナは、職務を放り出して震えている彼女たちが許せないようだ。リネットもわからなくはないが、誰にだって苦手なことはある。

なんとか彼女を宥めつつ、侍女たちにはなるべく優しい声を心がけて問いかける。

もちろん、不安を少しでも緩和させるために『アイザックがすでに動いている』ということを伝えるのも忘れない。

（本当は、幽霊じゃなくて魔術が原因っぽいことも伝えられたらいいんだけど）

果たして、どちらのほうが安心できるのか。とりあえずは保留だ。それに、本当に魔導具の効果だとしても、意図がわからない以上は『正体不明』には違いない。

「……日に日に、はっきりしてきているんです」

「え？」

俯いたままの一人の侍女が、ぽつりと呟く。

流れる髪から覗く顔色は死人のように真っ白で、固く結んだ両手も血の気を失っていた。

「わたし、あの幽霊を見始めてから、もう五日経ってて……日に日に姿がはっきりしてきて、声も聞こえるようになってきてるんです……」

「五日も？」

昨日の侍女もそうだったが、どうやらリネットが知っているよりも前から、幽霊騒動は始まっていたようだ。

きっと、園遊会を無事に開催するために、皆黙っていたのだろう。

「ごめんなさい。口にできる範囲でいいので、聞いても構わないですか？」

リネットは侍女に近付き、彼女の手にそっと自分の手を添える。

氷のように冷えきった侍女の手は、リネットにすがるように結んだそれを解いて、きゅっと掴んで返してきた。

（五日もわけのわからないものを見続けていたら、それは不安にもなるわよね）

リネットも侍女を咎めたりせず、したいようにさせておく。やがて、ほんの少しだけ落ち着きを見せた侍女は、またぽつぽつと小さな声で話し始めた。

「最初は白い靄だったんです。見間違いかなって思うぐらいの、ふわっとしたものでした。

……けど、昨日は完全に男の人の顔まではっきり見えて……声も、聞きました。何を言ってるのかはわかりませんでしたけど……ずっと何か、同じことを……」

途切れ途切れに語る声の間には、歯が震えてぶつかる音が混じっている。

ぼやっとした何かならまだしも、顔が見えるほどはっきりしているのなら、さぞ恐ろしかったことだろう。

震える彼女の華奢な背中を、リネットはもう片方の手で撫でて慰める。

「昨日も、一昨日も違う友達の部屋に逃げていたのに、ついてきたんです……どこに行っても、あの幽霊がいて、わたし、どうしたらいいか……」

とうとう侍女の目からは涙がこぼれ始める。どこに行っても目撃したということは、幽霊もどきは王城の全域に出現するということだ。

(城勤めの人の多くは、住み込みで働いているものね)

昨夜の目撃報告の多さから考えても、出現条件は場所ではなく、〝見える者〟を対象にして発動しているようだ。

「王太子妃殿下、わたしは死ぬのでしょうか……？」

「絶対に死なせないわ。話を聞いた以上、何が相手でも私たちが守ってみせます。……ただ、もし辛いようなら一度お休みをもらって、お城を出たほうがいいかもしれませんね」

「あの幽霊は、お城にとり憑いているのですか？」

「とり憑いているわけではない……と思いますけど、城内での目撃が多いようですので」

諸所誤魔化(しょしょごまか)しつつも、リネットが彼女を案じていることは伝わったのだろう。少しだけ顔を上げた女性はこくりと頷くと、ゆっくりと部屋から出ていった。

他の女性たちもやりとりを聞いて考えているのか、出ていく彼女を引き留める者は一人もいなかった。

「よろしいのですか、リネット様」

「怖いところに無理に勤めさせるのも、気の毒だもの」

アイザックが動いた以上、きっと解決にはそれほど時間はかからないだろうが、解決までの間に心に傷を負ってしまう可能性のほうが高い。

外傷と違って、精神的な傷は癒えるまでに多くの時間を要するものだ。無理を強いることは、リネットの望むところでもない。

「……あ、あの、リネット様。私の話も、聞いていただけますか……？」

「もちろんです。私でよければ、聞かせて下さい」

その後も数人の女性に話を聞いてから、リネットは彼女たちの部屋を後にした。

実害こそなかったが、目撃回数が多い者ほどはっきりと姿が見えるようになっていっているのは同じようだ。……比例するように、恐怖で心が弱ってしまっているのも。

（私に決定権はないから、何とも言えないけど）

恐らくは、リネットに話をしたほとんどの侍女が、一度休職して城を出ることになるだろう。専属侍女を探している今、リネットにとっては痛い結果だ。

（我ながら何やってるんだって結果よね。でも、あんなに怖がってる人たちを、城に縛りつけるようなことはできないわよ）

結局のところ、目指す〝ちゃんとした王太子妃〟には、リネットはほど遠いようだ。

こっそりとため息をこぼせば、それに気付いたミーナが深々と頭を下げてきた。

「申し訳ございません、リネット様。私は全く見えないもので、話がいまいち信じられなくて」

「あっ、違うのよミーナ。今のは貴女に対してじゃないからね！」

慌てて否定するものの、真面目な彼女の表情は硬いままだ。

もしかしたら、幽霊もどきが見えないことを彼女なりに気にしているのかもしれない。

「兄さんもそう言ってたけど、『梟』の皆は幽霊もどきが見えないのかしら」

「そうですね。『梟』には目撃者が一人もいないので、私どもは見えないほうの条件に合致するのでしょう」

アイザックの予想通り、幽霊もどきの原因が魔導具だとしたら、発動している魔術は適性のない者には見えないのかもしれない。

（『梟』の皆は、魔術に対して特に適性も耐性もないものね）

元々ロッドフォードを作った人々は魔術が使えなかったので、今なおそういう国民は多いはずだ。アイザックの部下たちがほとんど見えなかったのも、適性が低い可能性が高い。

その線で考えると、魔素のある隣国へ行っても平気だったレナルドが幽霊もどきを見てしまったのも、つじつまが合う。

「でも、もし幽霊もどきを見ているのが魔術適性のある人なのだとしたら、理由は何なのかしら？」

「私には見当もつきませんね。それに、回数を重ねるごとにはっきりしていくというのも、なんだか不気味です。本当に害がなければいいのですが……」

グレアムもそうだが、ミーナも魔術を信用していないのだろう。彼女の瞳は『本物の幽霊のほうがマシなのでは』と、ありありと語っている。

さすがに幽霊よりも魔術のほうがマシだろうが、実害が出ていないのが『今はまだ』なのもまた事実だ。

「魔術師が犯人なら私も役に立てるけど、魔導具に込められた魔術は消せないのよね」

「リネット様、ご無理はなさらないで下さい」

労(いた)わるような制止に、軽く笑って返しておく。

アイザックが天才的な魔術の才を持っているのと同じように、リネットもまた〝魔術師殺し〟という特異な体質を持っている。リネットが触れている間、魔術師を完全に無力化するというものだ。

もしリネットの体質が役立つのなら本気で捜査に臨みたいところだが、あいにくと効果があるのは生きている魔術師に対してだけである。

グレアムと父の報告を信じるならば、今回はリネットが活躍できる可能性は低いだろう。

「ひとまず、せっかく聞けた話をアイザック様にお伝えしましょう。ミーナも兄さんに伝えてもらっていいかしら?」

「はい、すでに手配済みです」

「さ、さすがね」

リネットが本気で驚けば、ミーナは少しだけ得意げに胸をそらした。この速度で情報が伝わるなら、原因解明も思っているよりも早そうだ。

安堵(あんど)して周囲を見てみれば、城勤めの者たちの働く様子が目に飛び込んでくる。

皆落ち着いた様子で、通りすがりに頭を下げてくれる所作(しょさ)も丁寧だ。

(幽霊が出るかもなんて言われれば、見てなくても気味は悪いでしょうに)

それでも、王太子妃の前だということを弁(わきま)えている、理性的で勤勉な人々だ。王城を動かしているのは、彼らのような人々に違いない。

……だが一方で、表情が暗く、明るい時間だというのにびくびくと周囲を窺(うかが)っている者も見受けられる。きっと彼らは、先ほどの侍女たちのように幽霊もどきを見てしまった者だ。

「もういやだ……やっぱり俺も故郷に帰る！」

「おい、明るい時間から子どもみたいなこと言ってんじゃねえ！　……申し訳ございません王太子妃殿下、すぐに下がらせますから」

「い、いえ。無理はしないで下さいね」

今も正に、がたいのよい男が同僚に引きずられて去っていった。今日はリネットが訪問することを事前に伝えてあったにもかかわらず、あの動揺ぶりだ。

上の者に見られて咎められるよりも、逃げたいという気持ちが勝っている。

「…………」

そして恐怖は伝播し、先ほどまでキビキビと動いていた者たちも、あっという間に表情を曇らせてしまう。誰が見ても明らかな、負の連鎖である。

「あの、私でよければお話を聞きますよ？　何か問題があるなら……」

「……いえ、失礼いたします」

一応声をかけてみるが、あいまいに笑いながら、皆足早に仕事へ戻っていく。やがて廊下に残るのは、リネットたちと護衛のみの何とも言いがたい沈黙だ。

「これは参ったわね」

「そうですね。こんな空気では、専属侍女選考どころではありません。私としては、幽霊ごときを恐れる者など除外してもいいと思いますが」

「ミーナ、兄さんみたいなことを言わないであげて。侍女が必要なのは私のほうなんだし」

「それはそうかもしれませんが、ここまで雰囲気がよくないと怒りたくもなります」

リネットの代わりとばかりに怒るミーナに、護衛たちも苦笑を浮かべている。

気持ちはありがたいが、早く騒動を解決しなければミーナとの会話も堂々巡りだ。

(一日でも早く原因を突き止めないと、色んな意味でまずいのも確かかね)

この調子で皆が沈み続けたら、侍女どころか城勤めがいなくなってしまいかねない。

すっかり人気のなくなってしまった廊下をもう一度見回してから、リネットはミーナと共に棟を後にする。

先ほど聞けた情報が、少しでもアイザックの役に立ち、解決に繋がると信じて。

＊＊＊

「……それで、まさか夜までお会いできないとは思いませんでした」

「すまない、遅くなった。ああ、ただいまリネット！」

時刻はとっくに日も落ち、もう間もなく日付も変わろうという頃。

ようやく寝室に戻ってきたアイザックは、ベッドで起きて待っていたリネットを見るやいなや、飛びつくようにくっついてきた。

「わっ！」

リネットとしては今日の話がしたくて起きていたのだが、こうして疲弊した様子のアイザックを見ると、話すのが申し訳なくなってしまう。

「えっと、大丈夫ですか？　ここ数日、本当に大変そうですけど」

「昨日よりはマシだ。それに、こうして帰ってくれば、愛しい奥様が待っていてくれるんだ。俺はいくらでも頑張れる」

（うう……！）

そんないじらしいことを言われてしまっては、ますます騒動だなんだという話をしづらくなる。大変な仕事を終えて、自分との寝室に帰ってきてくれただけでも充分だ。

あとはそう、二人でぎゅっと抱き締め合って、朝までぬくぬくしながら眠ろう、と。

（せめて夜だけでも、ゆっくりしてもらいたくなるわ）

そっと髪を撫でれば、アイザックは幸せそうに目を細める。まるでリネットの手が、尊い宝物であるかのように。

（アイザック様に撫でてもらう機会のほうが多いけど、こうして撫でてあげる側も心地よいものね）

彼の安らかな眠りを祈りながら、ゆっくりと触れる。

だがしばらくして、甘やかな触れ合いは、アイザック側の制止で終わってしまった。

「ありがとうリネット。元気になった。……それで、俺に話したいことがあるんだろう？」

「……いいんですか？」

「これ以上は本気で寝てしまいそうだからな。色々とありがとう」

「いえ、私よりもアイザック様や『梟』のほうが忙しいですし」

それまでのお返しとばかりに、大きな手のひらがリネットの髪を梳いてくれる。途端にこみあげる愛しさに、ほうと息がこぼれた。

やっぱりリネットの体は、彼に甘えるほうが好きらしい。

（ダメだな私。仕事ではあまり役に立たないんだから、せめてそれ以外ではアイザック様を癒してあげられたらいいのに）

今のリネットが動ける範囲はそう多くないし、一応王太子妃としての仕事もある以上は、アイザックの補佐に徹するわけにはいかない。

なら、もっとあちこちへ聞き込みに行って情報を集めればいいのかもしれないが、護衛を伴わなければならない立場では、それもまた難しいところだ。

（ミーナが来てくれたから、前よりは動けると思うけど）

それでも、今日の使用人棟の様子を思い出せば、何も言えなくなる。

……リネットは結局、どうするのが一番正しいのだろう。

「リネット？」

「あ、すみません！　幽霊もどきについて、聞いてきた情報でしたね」

案ずるように首を傾げたアイザックに、慌てて手をふって誤魔化す。

今は後ろ向きなことを考えている場合ではない。疲れているアイザックが時間を作ってくれたのだから、正確に情報を伝えなければ。

「兄さんから聞いているかもしれませんが、幽霊もどきは園遊会の開催前から目撃されていたみたいです。何度も見ている侍女の話では、回を重ねるごとにはっきりと見えるようになり、声も聞こえるようになってきたそうです。朝の執務室でもそうでしたが、日に日に見える人も増えているようで、精神的に参っている人も出てきてます」

「何度も見たら嫌になるのは当然だろうな。俺だって、本物の幽霊じゃないとわかっていても、見たくはないからな。それも、日に日に鮮明になっていくとしたら、気分が参ってしまうのも無理はない」

侍女の様子を思い出しながら話せば、アイザックも眉をひそめながらリネットにすり寄り、ぎゅっと体をくっつけてくる。

彼もレナルドと同じように、斬ったり殴ったりできないものは実は苦手なのかもしれない。

「あまりにも憔悴している人には、少しの間休んでみるように提案しました」

「ああ、それがいい。催事の予定もしばらくないし、多少人手が足りなくなっても、今ならなんとかなる。本格的に心を病んでしまうほうが問題だ」

これはリネットの独断だったが、アイザックも同意してくれたのでほっと胸を撫で下ろす。

……もっとも、彼らにも生活がある以上、あまり長い間休ませてあげることもできないとは思うが。

「リネットももう二回見ているんだったな。大丈夫か？」

「はい、私はまだ平気です」

「もし今日ももどきが現れるなら、三回目か。無理はしないようにな」

視線を動かせば、枕元の時計は日付変更を少しすぎた辺りを指している。連日幽霊もどきを目撃している時刻までは、もう少し余裕がある。

「今夜は明かりを全部落とさないで眠ろう。俺もいい加減、自分の目で確認しておきたい」

「わかりました。それまでは少し寝ますか？」

「起きてたほうが確実だが、まあ眠いな」

リネットにくっついたままゴロゴロしている彼は、まるで大きな犬のようだ。やはり、相当疲れが溜まっているのだろう。

目にかかった前髪をリネットが払ってあげると、その手を覆うように上から手のひらを重ねてきた。

「せっかくリネットとゆっくりできる唯一の場所なのに、幽霊待ちをしなきゃならないとか、もどかしいな。だが、ベッドのないところで待つのはもっと疲れるし……全く、一体何の目的で我が城に現れるのだか」

はあ、とこぼれたため息が、リネットに当たってくすぐったい。

幽霊待ちには違いないが、こうしてアイザックと二人でいられる時間は、どんな理由でも幸せなものだ。ここ数日は慌ただしくすごしていたから、なおさらに。

（マクファーレンにいた時は、ずっと傍にいられたのに。それとも、外出していた分の付けが回ってきたのかしらね）

とはいっても、ほんの数日前のことだ。毎日会ってはいるのだから、これ以上を望むのはわがままだと怒られてしまうかもしれない。

「アイザック様……」

それでも、彼が好きだ。とても、とても好きだと思う。リネットの最愛の旦那様。

――大好きだからこそ、ふと冷静になった瞬間、自分が情けなくなる。

「……ちゃんとした王太子妃って、どうしたらなれるんでしょうね？」

静かな寝室に、リネットの沈んだ声が落ちた。

こうして、アイザックとすごせない日々を嘆く弱さはもちろんのこと。疲れて帰ってきた旦那様を、ゆっくりと寝かせてあげることもできない自分が情けない。

今日だって、大した情報を集められたわけでもなく、疲弊する人々を見送ることしかできなかった。

それでも、アイザックから離れられないリネットは、果たしてどうするのが一番正解なのだろうか。例えば、リネットが尊敬する王妃なら？　公爵夫人なら？

（今日、使用人棟を訪れたのが私じゃなくて王妃様だったら、怯える人たちをもっとうまく慰められたかしら）

取り留めのない考えが、ぐるぐると回っていく。

（そもそも、きっかけが『焦り』の時点で間違っているのかもしれない）

ちゃんとした王太子妃になりたいと宣言したのは、園遊会で見せつけられた王妃との差を少しでも埋めたかったからだ。

王妃に憧れているのは本当だが、彼女との差に焦ったことこそ、きっと真の理由だ。

彼女のような素晴らしい女性でなければ、アイザックに相応しくないと……自分は捨てられてしまうのではないかと、漠然と思ってしまった。彼が自分を愛してくれていることを、誰よりもわかっているはずなのに。

だが、王妃を目指せば目指すほど、己の未熟さを思い知った。

専属にと考えていたジルたちはいなくなったし、新しく候補を見繕うどころか、リネットがしたことは休職の後押しだ。

状況も相まって、リネットが動けば動くほど、理想像から遠ざかっていく気がしてくる。

そもそも、ちゃんとした王太子妃とは、何だろう？

（わからなくなってきちゃったな。私が今、本当にするべきことは――）


「さあ？」


悶々と考えるリネットを一蹴するように、アイザックはたった一言だけを返す。

そのまま、リネットの首にがぷりと噛みついてきた。

「わっ⁉」

もちろん、本気で噛んではいない。歯が触れるだけの甘噛みだ。

「あ、あの、アイザック様？」

「別に母上も、素晴らしい会を開こうとして臨んだわけではないからな。ただ、俺やリネット、参加者たちが楽しくすごせるようにと工夫しただけだ。王妃らしくあろうともしていないし、評価が欲しくて主催したわけでもない」

レナルドなんかは絶望してただろ？　と付け加えられて、思わず変な声が出そうになってしまう。

確かに、リネットにとっては気持ちを改めようとするほど素晴らしい会だったが、皺寄せを受けたレナルドにとっては地獄だっただろうし、彼はあの会を『素晴らしい』と評価したりもしないだろう。

『ちゃんと』が具体的に何を指すのかなんて、俺にもわからない。それは人によって違う、あいまいなものだろう」

「それは……そう、かもしれません」

「それとも、誰かがお前を貶したのか？　リネットは『ちゃんとしていない王太子妃だ』と誰かに侮辱されたのか？」

「い、いえ。言われてないです」

実兄のグレアムには多少言われたことがあるが、彼が指摘するのは一時的な部分だけだ。それだって当然の諫言であったし、はっきりと貶されたことは一度もない。

「だったら、今のお前がちゃんとしていないとも言えないだろう。少なくとも、俺の妻が他の者では務まらないことなんて、周知だしな」

「………それは、はい」

思わず頷いてしまえば、アイザックは笑いながらリネットを抱き締め直す。とくとくと規則正しい速度の心音が、早鐘を打つリネットの胸を落ち着かせてくれる気がした。

「いいか、リネット。俺とお前が生きている日々は、普通じゃない。マクファーレンに行って

帰ってきて、園遊会に参加して、そうしたら幽霊もどきが出て、それの対処を始めて……。正直に言おう、忙しすぎるし詰め込まれすぎだ」

「は、はい」

「そんな中で、お前は母上のようなちゃんとした王太子妃になりたいと言ったな。確かに母上は素晴らしい王妃だと俺も思うが、俺たちと同じ生活をしろと言われたら、絶対に無理だぞ？　あの方がリネットの立場なら、とっくにバテてる」

「そんなことは……」

「ある」

すぱん、と言い切ったアイザックに、リネットのほうが目を瞬く。

王妃は国中の皆が憧れる素晴らしい女性だ。彼女が、リネットの人生をうまく生きられないなんて、とても信じられない。

「立て続けに色んなことが起こって、焦っているのはわかる。俺だっていっぱいいっぱいだ。でも、無理に変わる必要はないんだ、リネット。問題は一つずつ片付けていけばいい。今のお前は、まず何がしたい？」

「えっと……今は真っ先に、幽霊騒動を解決したい、と思います」

「じゃあ、それでいいじゃないか。二人でそれを片付けよう」

そう言うと、アイザックはぐりぐりと頭をこすりつけてくる。くすぐったくてたまらないが、同時に遠慮のない触れ方が可愛らしくも感じる。

「アイザック様、くすぐったいですよ」

「甘えてるんだよ。俺も焦っているし、疲れているんだ。〝剣の王太子〟が寝落ちした上、幽霊を見逃すような状況なんだぞ？　劣等感を覚える余裕があるなんて、リネットのほうがよほどすごいな」

「余裕があるわけでは……でも確かに、昨夜はぐっすりでしたね」

「そういう大変な状況なんだよ」

言われてみれば、アイザックが犬のようにじゃれている今の状況も、他の人からしたら信じられないことだろう。

彼も王妃と同じく誰もが憧れる王太子だが、こうして疲れたり、リネットのような凡人に甘えたりする一面がちゃんとあるのだ。それをおかしいことだとは、もちろん思わない。

王妃だって、あまりリネットが美化しすぎてしまっては、かえって迷惑になるかもしれない。彼女もまた、一人の人間なのだから。

（そうね。以前の私だったら、園遊会で挨拶ができただけで『自分を褒めてあげたい』って思ってたぐらいだもの）

足りないと反省し、変わろうとしたのは、それだけリネットが去年から成長できていたからだ。だったら、今無理に『ちゃんとしよう』としなくても、その結果は少しずつついてくるはずだ。

リネット自身が気付けなくても、きっと。

「ありがとうございます、アイザック様。だいぶ気が楽になりました」

「それはよかった。まあ、俺は愛する妻に甘えて、英気を養ってただけだけどな」

「じゃあ私も、愛する旦那様にくっついて英気を養わないと」

動物のようにくっついていたアイザックの指先が、するりと絡みついてくる。がむしゃらにじゃれるのではなく、今度は人間の妻を労わるように。

「リネット」

吐息が触れて、唇が近付く。

(この人を好きになれて、本当によかった)

そんな、満ち足りた瞬間がすぐそこに――。

《……手を、貸して欲しい》

「は？」

唇が触れ合う直前で、アイザックでもリネットでもない声が聞こえた。

目を見開いたリネットの視界には、訝しげに眉をひそめるアイザックの表情が映る。彼には聞こえなかったのだろうか。

「アイザック様、今誰かの声がしませんでしたか？」

「本当か？　俺には聞こえなかったが」

リネットは兄のように特別耳が良いわけではない。つまり、生きた人間の声ではないと、アイザックも察したようだ。

「……ふざけるな、昨夜より出現が早いぞ」

「そ、そうですね」

戸惑うリネットをアイザックは左腕に抱え直すと、右手をベッドマットの端へと突っ込む。

直後に握られているのは、軍で使われる無骨な短剣だ。

「護身用の剣！　そんなところにあったんですか」

「以前は枕の下に隠していたが、それだとリネットの頭が痛いかと思ってな」

その程度の物が入っていても、リネットなら気付かないと思うが……とにかくアイザックは片手で鞘を払い取ると、刃を虚空に向けてつきつけた。

「……人間の気配はないな。グレアム並みのやつなら気付けないが、そうでなければ生き物はいないぞ」

「私も同感です。多分……」

リネットはじっと、刃の先に目を凝らす。

やがて、早朝の山道のように、白い霧がさわさわと視界を遮り始めた。

「来ました、幽霊もどきです！」

もやもやしたそれは集まり、固まって、人の形を作っていく。

昨夜闇の中で見たものよりも、さらに人らしく、はっきりと。

「……へ？」

意図せず、リネットの口から間抜けな声が出てしまった。

成人男性でもかなり高い身長に、肩幅が広く、しっかりと鍛えている人間の体つきだ。

髪らしきものが揺れて、その下の容貌をあらわにしていく。

鋭い目付きが印象的な、整った顔立ち。

リネットを射抜くように見つめる、その人は――。

「アイザック様!?」

目が合った瞬間、リネットは叫んでいた。

唯一の自慢であるこの目が、旦那様を見間違えるはずがない。

全体的に白っぽいが、その造形はアイザックと瓜二つだったのだ。

「俺はここにいるが？」

途端に、すぐ隣から不機嫌そうな声がして、リネットは強く引き寄せられる。

高めの体温と心地よい香り、彼こそがリネットのアイザックであることはわかっているが、目の前にいる幽霊もまた、そっくりな顔でこちらを見ているのだ。

「幽霊もどきが、貴方にそっくりなんです！」

「俺に？」

未だ短剣を構えたままのアイザックは、リネットの顔と視線の先を交互に見比べる。

「…………」

いくらかそれを試してから、おもむろにリネットの肩を抱く腕を離した。

「あ、見えた」

「見えていなかったんですか⁉」

「ああ。多分、リネットに触れていたからだな」

ベッドではくっつくのが当たり前になっていたので忘れていたが、リネットの特異体質は魔術師殺しだ。魔術そのものには効かなくとも、魔術師という生き物にはてきめんである。

（そういえば、ずいぶん前にファビアン殿下と夜会に行ったのも、そんな理由だったわね）

もはや懐かしい話だが、魔術大国エルヴェシウスの王子がこの国に初めて来た時、そういう理由で彼と行動を共にしたことがある。

リネットがいれば、魔術師としての気配を完全に殺すことができるから、と。

代替品の魔導具はあったものの、リネットの体質はより正確に、確実に魔術師の力を消すことができるらしい。

今正に、アイザックが幽霊もどきを視認できなかったのも同じ理由だ。昨夜も、リネットを抱き締めて寝ていたから見えなかったのだろう。

「なるほど、やはり魔術だ」

「そんなにすぐにわかるんですか⁉」

「まあな」

燃料石を用意しておくべきだったと呟いているので、物理干渉はできなくとも、魔術なら対抗策が何かあるのかもしれない。

「…………」

アイザックにそっくりなそれは、じっとしたまま動かない。

先ほどは目が合ったと思ったが、どうやら偶然だったらしい。

彼は前を向いたまま、誰のほうも見ていない。ただそこにいるだけだ。まるで、何かを訴えるように。

「……これは、俺じゃないな」

しばらく検分していたアイザックが、どこか安心したように呟いた。

「え？　でも、お顔がすごく似てますよ？」

リネットから見ると、双子のようにそっくりだ。だが、アイザックは首を横にふって再度否定してくる。

だとしたら、これは一体誰なのだろう。

「この方はアイザック様のお知り合いですか？」

「直接的には知らないな。親類……と呼ぶにはちょっと遠いが、故人だ」

「故人……」

その言葉に、少しだけ寒気がする。

正体は魔術だと聞いていても、幽霊めいた非現実的な見た目でそこにあるので、どうしても良い気分はしない。

しかもリネットは、これをアイザックだと思ってしまったのだ。なおさら気分がよくない。

「つまり、亡くなった方の姿を借りて、幽霊のような演出をしてるってことですか？　それはそれで、趣味が悪い気が……」

「演出かどうかはよくわからないけどな」

アイザックはベッドから降りると、幽霊もどきと距離をつめて、短剣を横にふる。

ヒュッと風を切る音が寝室に響くが、もどきは前を向いたまま、今日は消えなかった。

「この魔術自体には、何の効果もない。強いて言うなら、姿を見せているだけだ。俺がマクファーレンで見せた、魚の幻影と同じようなものだ」

「あれですか！　きれいでしたけど、確かに影響はなさそうです」

少し前まで滞在していた海の国で、アイザックが見せてくれた幻影の魔術を思い出す。

時間を持て余していたリネットの目を楽しませるだけのもので、触ってもすり抜けてしまったのを覚えている。

あれと同じものなら、本当にただの幻だ。そして、故人を幽霊のように見せているのだとしたら、嫌がらせとしか思えない。

「王城全域で嫌がらせ？　もしかして、今発動している魔導具を作ったのは、ロッドフォードと敵対する魔術師なのでしょうか」

「いや。だとしたら、この人を幽霊役にするとは思えないな」

アイザックはまたじっと幽霊もどきを見つめている。彼とそっくりなだけあり、もどきもやはり美形だ。

(じっくりと見ると、目の保養になりそうね)

朝にアイザックが言っていた通り、嫌がらせが目的なら、化け物を模したほうが効果的だろうことがよくわかった。人の姿では、慣れてくると怖くないのだ。

《手を、貸して欲しい》

「あっ！」

魔術の目的に悩むリネットの耳に、再び声が響く。

アイザックとは違うが、低い男性の声だった。

「今度は聞こえましたか？」

「ああ。……これが、この魔術の目的か？」

もどきの口は、ぱくぱくと同じ言葉を繰り返している。昼に会った侍女が言っていた現象も、恐らくこれだと思われる。

（でも、故人に手を貸せって、どうやって？）

当然だが、リネットはこの人物を知らない。それなのに、急に現れて王城中に助力を乞うなんて、一体どんな状況だろうか。

考えられるのは『とにかく誰でもいいから手を貸してくれ』という、かなり切羽詰まった様子だが、幽霊もどきに言わせる意味がわからない。

「あ、消えちゃう……！」

色々と考えている間に、幽霊もどきは白い霧へと戻り、そのまま消えてしまった。

昨日よりはずっと長くここにいたので、目撃回数が増えるほどはっきり見えてくるというのも、本当だったようだ。

「今日はこれで終わりのようだな」

アイザックは一通り寝室を確認してから、放り投げた鞘を拾って短剣をしまっている。

念のため私室へ繋がる扉も開けて調べると、さらに一枚扉を隔てた先の廊下から、人の話し声が聞こえる気がした。

　ひょっとしたら、リネットたちと同じように幽霊もどきを見てしまった誰かが、廊下に控えている護衛たちに話しかけているのかもしれない。

「えっと、どうしましょう？」

「どうもこうも、今は手の打ちようがない。動くとしたら夜が明けてからだ。一応かかわりのありそうな場所が一か所思いつくが、俺も許可をとらないと入れないからな」

「アイザック様が、許可を？」

　はて、と首を傾げると、アイザックは苦笑を浮かべながらベッドの中へと戻ってきた。

　王太子である彼は、王城内ならほとんどの場所に自由に入れるはずだ。その彼が許可をとる必要があり、かつ幽霊や魔導具にかかわるかもしれない場所などあっただろうか。

（第一、アイザック様が許可を乞う相手なんて二人しかいないわ。あの方々のお許しが必要な場所に、魔導具にまつわるものがあるなんて、想像もつかない）

　疑問符を浮かべるリネットの頭を、アイザックの大きな手がぽんぽんと撫でてくれる。

「明日も早くから動くことになるかもしれない。できれば今夜は、ゆっくり休んで欲しいし、俺も休みたいな」

「アイザック様、でも」

「廊下のやつらもまあ大丈夫だ。あの魔術自体に害はない」

そう言うと、アイザックはリネットをぐいっと引き寄せて、寝る体勢に入ってしまった。

リネットに触れれば見えなくなるとわかっているのに抱き締めてきたのなら、今夜はもう出てこないと確信しているのだろう。

「朝になったら全部話せると思う。だから今夜は隣にいてくれ、リネット」

「ひゃっ！　わ、わかりました」

音を立てて額(ひたい)に口付けられて、つい上ずった声が出てしまう。

アイザックにそう言われて、リネットが断る理由もない。そのまま体をすり寄せると、ぽかぽかとした心地よい温(ぬく)もりに包まれた。

（気持ちいい……これは起きていられないかも）

なんだかんだリネットも疲れていたのか、アイザックの温かさに誘われるまま、目を閉じる。

そのまま、夜が明けるまで目覚めることはなかった。

4章　思い出と共に眠るものは

翌朝、アイザックは宣言通りに、夜が明けてすぐ寝室を出ていった。

仕事が溜まっているのはもちろんだが、昨夜言っていた『許可をとらなければならないこと』を早急に済ませるためだろう。

（こんな時間じゃ、まだお相手も起きてないと思うんだけど）

窓の外は、ようやく太陽が地平から姿を出しきったところだ。冬と比べれば明るくなる時間も早くなったものの、普通の人間はこんな早朝から動き回ったりしない。

（訓練のある軍人にとっては当たり前の時間だけど、大丈夫かしら）

「あら、お早いですねリネット様」

「おはよう。貴女も早いわね、ミーナ」

扉の開く音に顔を向ければ、お仕着せ姿のミーナが丁寧に礼をしてくれる。ノックをしなかったのは、まだ起きているとは思わなかったからだろう。

手早く洗濯用の籠を下げると、指示を待つように微笑む彼女に、リネットもにっこりと口角を上げてから、毛布を跳ねのけた。

「支度をお願いしたいわ。今日は王太子妃らしさよりも、動きやすさを重視したドレスで」

リネットの提案に、ミーナは一度だけ目を瞬いた後、「かしこまりました」と柔らかく笑って応える。彼女の顔立ちにあった、昔を思い出すような笑顔だ。

「ちゃんとした王太子妃を目指すのは、もうよろしいのですか？」

「今はいったんお休み。私は二つのことを同時にできるほど器用じゃないもの。まずは、皆を困らせている騒動を解決しようって、アイザック様と相談したのよ」

昨夜決めたことを伝えれば、ミーナはしっかりと頷いた後に、リネットの私室のほうへ足音もなく戻っていく。

慌てて追いかければ、衣装櫃から早速今日のドレスを選び終えていた。リネットとグレアムの瞳の色によく似た、淡い青色のドレスだ。

「ご結婚なさってからはアイザック殿下のお色が多いようでしたので、本日はこちらなどいかがでしょうか？　伸縮性が良い生地ですので、動きやすいですよ」

提案されたドレスは派手すぎることも地味すぎることもなく、品の良い落ち着いた意匠の一着だった。

よく見れば裾にはさりげなくスリットが入っていたりと、リネットの要望にも合うものだ。

やはりミーナの侍女としての実力は、本職として充分通じる高さがあると思われる。

「ぜひお願いしたいわ。それにしても、ミーナはよく私のドレスの種類まで知ってたわね。持ち主の私ですら、まだ全部のドレスを覚えてないのに」

「『梟』ですので」

当然だと言わんばかりの彼女に、背中を冷たい汗が伝う。

彼らが凄腕の諜報部隊であることは知っていたが、色んな意味で敵に回してはいけないと改めて実感させられる。

「と、とにかく、着替えを手伝ってもらえる？　実は、アイザック様が幽霊騒動の原因を見つけたみたいなの。一日も早い解決を目指して、私も動こうと思ってね」

「なるほど。では私も、そのようにリネット様にお仕えさせていただきますね」

リネットが頼むと、ミーナはすっと姿勢を正した。淑女ではなく、軍人の立ち方だ。

普通の侍女とは明らかに違う頼もしい姿に、リネットのやる気も湧いてくる。ミーナを傍につけてくれたグレアムには、本当に感謝を伝えたいところだ。

(私とアイザック様の〝普通じゃない夫婦〟についてきてくれる侍女がいるのは、やっぱり心強いわ)

幽霊を見て精神を病んでしまうような、ごく普通の侍女ではこんな返答は得られないだろう。そう考えると、ミーナはリネットの専属として適任なのかもしれない。

「リネット様？」

「あ、ごめんなさい。ミーナの立ち方が凛々しかったから、ちょっと見惚れただけ」

すいと首を傾げるミーナに、あいまいに笑って返しておく。

彼女は昨日、本職は『梟』だとリネットに伝えてきた。ならば、リネットが『欲しい』と思っても、それは叶わないことだ。

(カティアさんと同じ迷惑をかけてしまうところだったわ。専属侍女のことは、いったん頭から除いておかないと)

気を取り直して、ミーナが選んだドレスを着付けてもらう。

靴はヒールが低めで底の丈夫な物を。髪は崩れないように、しっかりと結い上げて。化粧は薄めでも上品になるように。

「お待たせいたしました」

「すごい……ドレスなのに、男装してた時と同じぐらい動きやすいわ！」

手際よく、あっという間に仕上がった支度の完成度に感激する。この快適さを知ってしまったら、淑女らしい重めの装いには戻れなくなりそうだ。

「気に入っていただけてよかったです。朝食はまたあちらで良いのでしょうか？」

「とれるなら一緒に、とアイザック様が言っていたから、そのまま合流でいいと思うわ」

「かしこまりました。では」

昨日と同じように、一歩下がった位置にミーナがつく。

そのまま二人で部屋を出れば、若干(じゃっかん)疲れた表情の護衛たちがリネットを迎えてくれた。

「大丈夫ですか？」

「ええ、お気遣いありがとうございます。昨夜も例の幽霊が出たようですね。頼られることは軍人としては喜ばしいですが、何分私どもには見えていないもので……」

苦笑する彼らの顔には、通常業務とは違う疲労が滲(にじ)んでいる。

思った通り、幽霊もどきを目撃してしまった者が、廊下にいた護衛たちのもとへ助けを求めて来ていたのだろう。

ただ、この辺りは王族の居住区画なので、近付ける者も限られる。もしかしたら、相手は同じように警備にあたっていた軍人だったのかもしれない。

（私たちの寝室にも現れたんだけど、わざわざ悩みを増やすのも申し訳ないわね）

交代前の彼らに詳細(しょうさい)は伝えず、感謝だけを告げてから、アイザックの執務室へと合流する。

室内は昨日と同じように、慌(あわ)ただしく走り回る部下たちでにぎわっていた。

「無事か、リネット」

「わっ！　おはよう兄さん」

入ってすぐの場所には、いつの間にかグレアムが立っている。

いつも通りの美少女顔だが、表情をなくした彼がリネットのことを案じて待っていてくれたことはすぐにわかった。

「幽霊もどきは昨日も出たけど、私もアイザック様も無事よ」

「出たんだな……」

挨拶と一緒に伝えれば、ミーナも「えっ」という顔をして固まってしまう。『梟』の面々は、昨夜も幽霊もどきを視認できなかったようだ。

「アイザック様が原因に見当がついたみたいだから、多分心配いらないと思うわ」

「ならいい」

ほっと小さく息を吐いて、グレアムはくしゃくしゃとリネットの髪を撫でる。やや乱暴な触れ方だが、家族らしい不器用な気遣いに胸が温かくなった。

「私もお傍に控えていたのですが……気付けなくて申し訳ございません」

「気にしないで。見えないってことは昨日聞いてたしね。それより兄さん、ミーナがすごい有能でびっくりしてるんだけど、『梟』の人員ってどうなってるの？」

「そうなのか？」

しょんぼりしてしまった彼女の名誉を挽回するべく話しかければ、グレアムも目を瞬いた。彼が指名したので当然技量を知っていると思っていたのだが、違ったようだ。

「ミーナが優秀だから、私につけてくれたんじゃないの？」

「いや、侍女みたいな人の世話をする役職で潜入することが多かったからだよ。得意なんだろうと思ってお前につけたが、オレが技量を把握していたわけじゃない」

「そうなんだ？　お世話してもらえる私は、すごく嬉しいけど」

ミーナのほうも確認してみるが、どこか恥ずかしそうに愛想笑いを浮かべるだけだ。

「オレは『梟』としての基礎訓練以外は、強要しない主義なんだ。任務以外のことには口出ししないし、各々で興味のある分野を学んで、技術を身につけてる感じだな。潜入の必要がある時に、できるやつを聞いたり立候補してもらってる」

「それはまた、ずいぶん自由なのね……」

必要な技能を持っている人間がいなかったらどうするのか気になるが、そのやり方が通っているのなら、きっと問題になったことがないのだろう。

『梟』は厳しい訓練の果てに様々な技術を取得させられるとばかり思っていたが、趣味を兼ねてもいいのなら、意外と楽しい部隊なのかもしれない。

「そういえば、再会した時にもミーナは侍女っぽい姿で潜入してたものね。お仕着せも着こなしてるし、やっぱり天職なんじゃないかしら」

「ああ、こういう仕事が好きなら、オレもどんどん回すぞ？　やっぱり向いてるやつに行って欲しいしな」

「…………」

兄妹がそろって勧めてみると、彼女は眉を思い切り下げて、俯いてしまった。

しかし、頬はりんごのように赤いので、多分照れているのだろう。侍女の仕事が好きだと知られたことなのか、その腕を褒められたことなのか、どちらに対してかはわからないが。

（侍女の仕事が嫌じゃないなら、少しでも長くミーナが一緒にいてくれたら頼もしいな）

最優先は騒動の解決だと考えつつも、彼女の邪魔にならない範囲で、こっそりと祈っておく。淡い期待を持つぐらいなら怒られないはずだ。

「……ところで、アイザック様はいないのかしら」

そうして話題を変えるべく室内に視線を戻すと、慌ただしい部下たちの対応にあたっているのはレナルドで、アイザックの姿は見当たらない。

私室を出たのは早朝だったのにいないということは、許可を得るのに時間がかかっているのだろう。

レナルドのほうはさすがに慣れた動きだが、美貌には連日の疲れが色濃く滲んでいる。

「大丈夫かしら。レナルド様も、ずっと働き詰めよね」

元々中毒気味によく働く男だが、他国から戻った直後に大きな催事に参加して、そこから休む間もなく書類の山と騒動に追われているなんて、明らかに過剰労働だ。

声をかけて邪魔をするのも躊躇われて、どうしたものかと見つめていると、彼のほうから兄妹を自分のもとへ手招いてくれた。

「おはようございます。大丈夫ですか？」

「ええ、今のところはなんとか。毎度のことですが、うるさくてすみませんね。朝食はそちらのテーブルに用意してますので、各自で召し上がって下さい。殿下はもう少しかかると思いますので」

「わかりました。レナルド様も、どこかで休んで下さいね？」

「いつものことですから、ご心配なく」

若干の諦めを浮かべつつも、レナルドは恭しくリネットをテーブルに案内してくれる。

てっきり昨日のような男飯かと思いきや、テーブルに載っていたのはお菓子のような薄型のパンにハムを挟み、ぽんと卵を飾った可愛らしい料理だった。

「えっ、可愛い！　こんなの初めて見ました。お菓子ですか？」

部隊用のとりあえずの食事ではなく、料理人に頼んで作られたものだと一目でわかる。むしろ、男だらけのアイザックの執務室では、可愛いすぎて浮いているぐらいだ。

「アイザック殿下が用意させたのでしょうね。最近、城下町のカフェなどでも流行っている軽食ですよ」

「そうなの？」

「はい。貴族女性の間でも、朝食に好まれていると聞きます」

補足するようなミーナの言葉に、頬が熱くなる。昨日リネットが落ち込んでいるような姿を見せてしまったから、わざわざ用意してくれたのだろう。

美味しい食事がリネットの元気の源だとよくわかっている、彼らしい気遣いだ。

（アイザック様のほうが、ずっと忙しいのに）

離れていても、リネットのことを考えて動いてくれるなんて、本当に素晴らしい旦那様だ。

「後でしっかりお礼を伝えなくちゃ。さ、兄さん、ミーナ、一緒に食べましょう」

「よろしいのですか？　私は、リネット様にお仕えしている者なのですが」

「固いこと言わないで。皆で食べたほうが美味しいし、アイザック様も喜んでくれるわ」

二人の手を掴んで強引にソファに座らせると、リネットは早速朝食に手をつける。さくさくした食感のいい生地に、ハムのしょっぱさと卵の甘さがうまく合わさった、リネット好みの味つけだ。大きさ的にもちょうどいいので、女性に受けているのもよくわかる。

「あ、美味い。菓子みたいなものかと思ったが、肉が入ってるんだな」

「グレアム様……」

「いいんだよ。王太子妃殿下がご所望だぞ？　今は侍女なんだから、お前も従っとけ」

ノリノリで朝食に手をつけるグレアムに、ミーナも恐る恐るといった様子で手を伸ばす。

彼女だって貧しいアディンセル伯爵領の出身だ。食べ物を粗末にするようなことは、絶対にありえない。

「今日はきっと忙しくなるわ。お腹を一杯にしてから臨みましょう」

「ありがたいですが、侍女をこんな風に扱う主人はいませんよ」

「いいのよ。今は私の専属なんだもの！」

困惑気味の真面目な彼女に、リネットは片目を閉じて応える。『梟』の契約条件にも、美味しいご飯は折り込み済みであるし、ミーナにも満腹の状態で仕事について欲しい。

「……あ、美味しいです」

「ね！」

一人で食べても満足できるだろうが、美味しいものを大事な人と分かち合えると、もっと美味しくなる気がする。

執務室は相変わらず忙しそうだが、響く喧噪すらも心地よく感じられる朝食だった。

＊　＊　＊

結局アイザックが執務室へ戻ってきたのは、太陽がだいぶ高くまで昇ってからだった。

「アイザック様！」

書類整理を手伝うついでに騒動の陳情書への返信を請け負っていたリネットは、数時間ぶりに再会した旦那様に真っ先に抱き着いた。

お礼や労いや、色々と伝えたいことはあったが、まずは大好きだと伝えたくなったのだ。

「リネット、待たせてすまなかった。思ったよりもてこずってな」

「朝からお疲れ様でした、アイザック様。朝ごはん美味しかったです！」

「気に入ってもらえたならよかった」

すり寄るリネットを、アイザックも両腕を背中に回して抱き締めてくれる。ちょっと苦しいぐらいの抱擁が、泣きたくなるほど心地よい。

「はいはい、お熱いことで。そのままでもいいので、仕事はして下さいね」

「痛っ」

しかし、幸せは長くは続かず、アイザックの頭からばしっといい音が響く。視線を向ければ、用箋ばさみで頭を小突いたレナルドが、反対の手に書類を抱えたままため息をついていた。

「それで？　許可が必要な場所に用があるとおっしゃっていましたが、とれましたか？」

「ああ、一応な。……毎回頭を叩くなレナルド」

「独り身には目の毒なので。嫉妬ぐらいは甘んじて受けて下さい」

リネットを片手で抱き締めたまま、アイザックは反対の手で用箋ばさみを受け取ると、さっとサインを記して返す。そのまま執務机の書類の山を見て顔を顰めたが、「騒動が優先だ」と見なかったことにしていた。

「えっと、昨夜言っていた場所ですよね？　幽霊もどきにかかわりがあるって」

「ああ、それだな」

言うまでもないが、王太子の彼が城内で許可をとらなければならない相手は、たった二人だけ……より正確には一人だけだ。

「国王陛下のご許可が必要なところ、なんですか……」

固い声で呟けば、アイザックが優しく背中を撫でてくれる。そんなものが必要な場所となれば、リネットも緊張するというものだ。

「そうなると、場所が限られますね。武器庫か宝物庫か……そのぐらいしか私は思い浮かびませんが。殿下、答え合わせをしていただいても？」

「後者だな」

「うわ、当たりでしたか」

アイザックの返答に、執務室にいた部下たちもシンと静まり返る。レナルドも半分冗談だったようだが、まさかの当たりに額を押さえて俯いた。

当然ながら、王太子妃になったリネットもその二か所には行ったことがない。緊急の理由でもなければ、できれば近付きたくない場所だ。

「早速これから向かうが、人員を制限させてもらうぞ」

「待って下さいアイザック様。この幽霊騒動の原因が、宝物庫にあるんですか？」

「その通りだ。正直、俺も驚いている」

リネットの質問に、アイザックもため息交じりに応える。宝物庫に縁があるなんて、あの幽霊もどきは本当に何者なのだろうか。

（アイザック様にそっくりで、故人で、魔術の幻影？　わけがわからないわ）

リネットが困惑している間にも、アイザックは淡々(たんたん)と人員を指名して、もうすぐに向かうつもりらしい。

名を呼ばれたのはリネットとレナルド、グレアムにミーナと、顔馴染(なじみ)の部下が二名だ。

「王太子殿下、私もですか？」

他の面子(メンツ)はともかく、臨時でリネットに付いているミーナを連れていくのは意外な人選だ。

ミーナ本人も疑問に思ったようだが、その答えはすぐに返された。

「隠し通路に詳(くわ)しい『梟』の人員が欲しい。お前は以前にも、リネットを俺のもとまで連れてきてくれた者だろう」

「あ……」

アイザックのまっすぐな目に、ミーナは素直に首肯(しゅこう)する。

以前とは、リネットがミーナと再会した時のことだ。約一年前、アイザックとグレアムが喧嘩(けんか)をしていた部屋へ案内したのは、確かにミーナである。

「覚えていて下さったのですね。そういうことでしたら、私もお供いたします」

「頼む」

指名された六名は全員了承すると、そのままの足で執務室を出た。

もちろん抱き締められていたリネットは、ちゃんと離れて歩いている。アイザックならリネットを抱いて歩いても速度は変わらないだろうが、そこはさすがに控えるべきだろう。

「宝物庫って確か、繋がっていない建物ですよね？」

「ああ、そうだな」

ところどころおぼろげながらも、城内の地図を思い出す。他の棟が廊下などで繋がっているのに対して、宝物庫は完全に別個の建物になっている。

同じ城の敷地内にあるにもかかわらず、そこだけ区切られているのだ。よって、どの棟からも道が繋がっていない。

不思議な造りだが、名の如く宝を管理する重要な場所なので、そうなったようだ。

（私みたいな元下っ端貴族が入るなんて、思いもしなかったけどね）


王城の人々に注目されながら歩くこと数十分。

リネットが雇われ婚約者だった頃に通っていた裏庭から、さらに奥へ向かって辿りついたのは、王城と隔絶するような石壁に囲まれた建物だった。

「うわぁ……」

建物としての高さはそれほどなく、せいぜい三階程度だ。

しかし、無骨な灰色の石壁が明らかに異質で、『この先に何かあります』と自己紹介しているようにすら見える。堅牢さから想像するなら、何かを守る防壁か、囚人を逃がさないための牢かのどちらかを思いつくだろう。

「あからさますぎませんか、これ」

「宝物庫だからな。ただ先に言っておくと、ここに金庫はない」

「えっ、そうなんですか？」

思わず声をあげてしまったリネットに、アイザックはにやりと口端を吊り上げる。ということは、ここは名ばかりの宝物庫で、いわゆる囮の役割なのか。

「宝とは、金目の物だけではないってことだ」

石壁にはめ込まれた分厚い鉄扉に、アイザックが鍵を挿す。

重苦しい音を立てて開かれたその先には——意外にも素朴な意匠の屋敷が一軒建っていた。

てっきり、神殿のような荘厳な造りの建物か、もしくは軍施設のような重苦しい建物があるとばかり思っていたので、少々拍子抜けだ。

「ちょっと可愛いですね」

乳白色を多く使っている王城と違い、こげ茶色を中心に暖色でまとめられているため、印象も柔らかい。屋根も含めて全体的に四角い形は、マクファーレンの建物を彷彿とさせる。

しかし、木製の扉には三重の鍵がついているので、やはりただの民家ではなさそうだ。

「入るぞ」

アイザックが全て違う鍵を使って解錠すると、軽い木の音を立てて扉が開く。

「お邪魔します……」

まず視界に入ってくるのは、吹き抜けの天井とエントランスの大階段。建材の質が良いのは一目でわかるが、貴族の屋敷ではよく見る定番の造りだ。

そして、赤絨毯を敷いた階段と、踊り場に飾られている大きな肖像画たち。

「これは、歴代の国王陛下ですね」

レナルドが視線を上げたままで呟く。

確かに、リネットも見たことがある肖像画が何枚もある。中でも、リネットの三倍はありそうな大きな額に納められているのは、老齢の男性……初代騎士王ロッドフォードだ。

「そういえば、初代陛下の肖像画は、いつもお歳を召されている気がします」

「ああ。建国された当時は忙しくて、絵を描いているヒマがなかったらしい。晩年になって、ようやくそういうものを作る時間ができたのだそうだ」

絵画に残る彼は、髪も髭も真っ白で顔も皺だらけだ。しかし眼光は鋭く、背筋もピンと伸びている。騎士王の名に相応しい佇まいと言えるだろう。

「それにしても、宝物庫という感じはしないですね。どこかのお屋敷にお邪魔しているような気分です」

「まあ、そうだな。一応宝石類なんかの値のはる物もあるんだが。ここは主に、歴代の国王たちの思い出の品を保管している館だ」

「思い出の品……」

アイザックの声が、さして広くもないエントランスに響く。つまり金銭的な価値よりも、心理的な価値があるものを守っている場所なのだろう。

（ああ、だからなんだ）

見渡す室内には家具もほとんどなく、人が暮らしていたような形跡はない。それでも、この屋敷からは何故か温かさが感じられるのだ。

ここが歴史と思い出を守っている場所なら、納得だ。実際に生活していなくとも、保管されているものに人々の想いが詰まっている。

「…………」

皆、自然と口を閉ざして、ゆっくりと室内を見渡していく。

決して気まずい沈黙ではなく、なんだか穏やかで落ち着く空間だ。

「リネット、こっちだ」

アイザックに手を引かれて、リネットは先行して広間らしき部屋へと入っていく。

そこには真新しいテーブルが数台と、その上にずいぶん古い書籍や紙束がずらりと並べられていた。

「これは？」

「宝物の一部だな。虫干しって聞いたことがないか？」

「む、虫干し？」

虫干しは、書物や布を日光に当てたり風通しをよくして、虫やカビを防ぐ作業だ。リネットも領地でやっているのを見たことがあるが、その地味な作業をアイザックの口から聞くのは少し意外だった。

「本当はもっと早くにやるものなんだが、最近はとにかく慌ただしかっただろう？」

「そうですね。……私たちも結婚しましたし」

「ああ、最たる出来事だな。喜ばしいことだが、反面細かい作業に遅れが出てしまって、まだここにあるんだよ。だが、今回ばかりはちょうどよかった。本来なら、厳重に管理されていて探すのも一苦労だったからな」

にこにこと笑いながら、アイザックが一冊の古びた書物に手を伸ばす。

書といっても、ちゃんと製本されているわけではない。紐で強引に縫い合わせた、手作りかつ手書きの紙の束だ。

「ほら」

そのいくらかをめくって、アイザックがとある一ページを示す。どうやらこれは、画家が練習や粗描きに使っていた紙の束のようだ。

ところどころかすれた炭で描かれているのは、若い男性の姿である。

「これは――アイザック様？」

リネットが題材だと思った人物は、目の前にいる旦那様だった。

凛々しい顔立ちに印象的な鋭い目。帯剣して勇ましく立つのは、どう見てもアイザックだ。

「……じゃない、ですよね？」

「さすがに俺も、こんな年代物に姿絵を残されるほど長寿ではないな」

一応確認すると、アイザックは困ったように肩をすくめたので、慌てて謝罪する。

紙の傷み具合を見ても、百年では到底足りない年数が経っていることが予想できる。もし当時から生きているなら、神や人外の領域だ。

「うわ、マジか。本当に殿下だ」

リネットの背後から顔を覗かせたグレアムも、そのそっくり具合に驚いている。色を乗せてなくてもわかるほど、アイザックと瓜二つだ。

（……あれ）

兄妹そろって何度も見比べて――やがて、一つの予想に辿りつく。

このような古い粗描きを、アイザックがわざわざ見せた理由。それに、先に説明もしてくれた。その方の肖像画は〝晩年のものしか存在しない〟と。

「まさか、この方は……」

「ああ。俺の代で、リネットや『梟』と出会えたことも運命だと思っていたが、予想以上にその通りだったようだぞ」

アイザックは紫水晶の瞳をゆるりと細めてから、右手の拳を胸の前に置く。これは、騎士の宣誓の姿勢だ。

そして、『梟』を運命だと呼ぶ理由を口にするなら、答えは一つしかない。

「ここに描かれている人物は、初代騎士王ロッドフォードだ」

「えええええええ!?」

先ほどまでの静けさが嘘のように、アイザック以外の声が重なる。

(こ、この方が初代騎士王!?)

何度見てもアイザック本人にしか見えないが、子孫である王族の彼が言うのなら間違いないはずだ。

その上、アイザックの鮮やかな赤髪は、王族の血筋特有のものである。これが初代から受け継いだものだとしたら、今のアイザックは正しく生き写しだ。

「これ、本当に本物なんですか？　古い紙を使って作った冗談ではなく？」

「もちろん本物だ。俺も何年か前に偶然見る機会があって、死ぬほど驚いた。当時はそこまでではなかったが、今の俺と比べると同一人物すぎて笑えてくるな」

何度も見比べる一同に、アイザック本人も笑うしかないという反応だ。

各地に残る肖像画ではなく、こういう雑な粗描きでしか知ることができない事実というのも、より信憑性を高めている。

ちなみによく見ると、この絵の隅には『親愛なるロッドフォード』と名前が書いてある上、紙束の持ち主は亡命前から付き合いのあった専属画家だそうだ。つまりは、建国の苦難を共にした仲間だ。ゆえに『宝物』として、大切に保管されているのである。

「あれ？　アイザック様にそっくりな人……？」

衝撃の事実を呼び水に、リネットの頭に昨夜の記憶が蘇ってくる。

よりはっきりと認識できた、幽霊もどきの魔術。あれもまた、アイザックにそっくりな姿をしていた。

「まさか、城内を騒がせている幽霊もどきの姿って……」

「そうだ、あれは俺じゃない。この若い頃の初代騎士王を模している」

「そ、そんな大物だったんですか!?」

アイザックの姿を写し取ったといわれても衝撃だが、初代騎士王といわれると、それはそれで困惑してしまう。

偉大な建国の祖を、皆で『幽霊』と呼んで怖がっているのだから。

「え？　いや、それはおかしくないですか？」

戸惑うリネットの後ろから、レナルドがぐっと前に出てくる。

「どうやって初代国王陛下の若い頃の容姿を知ることができたのですか？　公に残っている肖像画は、全て晩年のものです。殿下がこの粗描きを見せたということは、ここにしか残っていないのでしょう？」

「あ、本当だ！」

その通りだ、とまた全員の声が重なる。

この宝物を見て確認しない限り、初代騎士王の姿は老人なのだ。だとしたら、どうやってあの幽霊もどきは若い頃の彼の姿を映し出したのか。

（レナルド様すら知らなかったのだから、他人が知っているはずないわ。あの幽霊もどきは、やっぱりアイザック様を真似た可能性のほうが高そうだけど）

だが、当のアイザック本人はゆるりと首を横にふる。あの幽霊もどきの姿は、初代騎士王を映していると確信があるようだ。

「これが、グレアムたちに来てもらった理由なんだが」

アイザックは苦笑を浮かべながら、ゆっくりと壁際に歩いていく。

やがて、しゃがんで手をつくと、古い床板をノックするように軽く叩いた。

「今回の幽霊騒動を引き起こしている魔導具は――この建物の地下にある」

……一体今日は、何回驚けばいいのだろうか。

すでに返す言葉は出なくなってしまったが、足りない頭でリネットなりに今回の出来事を整理してみる。

今、解決が急がれている幽霊騒動は、王城内全域に白い幽霊が出るというものだ。

同じ時刻に同じものがあちこちで目撃されていることから、アイザックはこれが幽霊ではなく魔術であると断定した。

ついでに、魔術師が引き起こしているのではなく、魔導具……魔術が込められた道具が〝発動している〟と予測して、その原因たる物体を探していたのだ。

「……原因が、本当にここにあるんですか？」

「そうだ」

アイザックは、しっかりと首肯する。

多くの魔術師たちが天才と称える力を持ったアイザックだ。一部では魔王とさえ呼ばれる彼が自信を持って答えた以上、間違いはないだろう。

問題は、ここが国王陛下の許可を得なければ入れない、宝物庫であることだ。

「宝物庫の地下って……なんてところに」

「先に伝えておくが、陛下の許可が必要だったのは、ここに入ること自体じゃない。最悪の場合、この建物を壊してもいいかという許可が欲しかったんだ」

「壊す!?　むしろ、よく許可が下りましたね!?」

予想外のことが起こりすぎて、皆の空気がどんどん淀(よど)んでいく。

幽霊騒動は一刻も早く解決すべきことだが、対処に必要なものが重要すぎる。人が亡くなったりしているならわかるが、今のところ実害は出ていない〝騒動〟の範疇(はんちゅう)なのである。

国の宝を壊してまで対処すべきかと聞かれると、正直に言って悩むところだ。

「えーと、殿下。とりあえず確認しますが、オレたちが呼ばれたのは『梟』の隠し通路からこの建物の地下に入れないか、ということですよね？」

「ああ」

「無理ですね」

今度はグレアムとミーナの二人の否定が、すぱんと重なった。

諜報部隊である彼らが城内を縦横無尽(じゅうおうむじん)に駆け巡っている理由として、専用の隠し通路を使って移動していることがあげられる。元は城の緊急避難経路だったものを、長い年月をかけて改良したのだ。

天井も地下も関係ない複雑さは常軌(じょうき)を逸(いっ)しており、リネットも二、三回使わせてもらっているが、全く覚えられる気がしないとんでもない道だ。

ただ、その道のおかげで地下鉱脈の発見があったりと、何かとロッドフォードに貢献しているものでもある。

アイザックとしては、隠し通路から宝物庫の地下へ行けるのなら協力して欲しいという要請だったのだろうが……現役『梟』たちが返したのは、深いため息だった。

「オレたちは諜報部隊であり、いざという時は戦闘要員です。泥棒になるつもりはありません。立ち入り禁止の宝物庫の近くに、通路を引いてるわけないじゃないですか」

「いざという時の持ち出し経路は確保していないのか？」

「救命が優先です。最悪の場合、宝物を囮にしてでも人を助けます。当たり前でしょう」

（おお……兄さんたち、格好いい）

至極真っ当な答えに、リネットは感動を覚える。元は暗殺者の血筋だが、その行動基準はまるで騎士のようだ。

アイザックの部下たちも、うんうんと賛同するように頷いている。

「言いたいことはもっともなんだが、今回は通路があって欲しかったな」

しかし当のアイザックだけは、しょんぼりした様子で息を吐いた。続けて、胸元から簡略化された周辺の見取り図を出して、二人に見せてくる。

「どの辺りまでは隠し通路でいけそうだ？」

「どの方向からでも、周囲の石壁までですよ。そもそも、近くに裏庭があるので通路がありません。あれも元は避難経路ですから」

「やはりそうなるか……」

屋外に出られるなら、そのまま脱出口に行くのが基本的な避難経路だ。となれば、この建物の地下へは、床か壁を壊して潜るしかないだろう。

「だいたい、地下ってどういうことですか？　魔導具がこの建物の下に埋められていると？」

「それは俺にも掘ってみないとわからん。ただ、魔力を感じるのは間違いなくここだ」

「魔力ですか……それはオレたちにはわからないですね」

ロッドフォードは魔術が使えない土地として有名な場所だ。

そして、その理由も仕組みも今は解明している以上、〝魔力を感じる〟時点で、何かよからぬことが起きていると思ってしまう。

「俺がつき止められているのは、あの幽霊もどきが初代騎士王を模したものであることと、その原因がここの地下にあるだろうということだけだ。意図は掴めていない」

「なるほど。一度も見ていないオレには意味不明な話ですが、殿下もわかっていないのなら、それは掘ってみるしかなさそうです」

恐らく誰も知らない、若い頃の騎士王の姿を使う必要性も謎のままだ。

もし、リネットが聞いた『手を貸して欲しい』という言葉の通り、助力を乞うのが目的なのだとしたら、皆が知っている晩年の騎士王の姿をしていたほうが絶対に効果があるはずだ。

（見える人と見えない人がいる理由もはっきりしていないし。多分、魔術適性がある人間にだ

け見えているのだと思うけど）

選別の理由が魔術師に助力を乞うためだとしたら、あまりいい予感はしない。この国は、魔術を必要としない生活を確立しているのだから。

「ここを掘るしかないとしても、道具を用意してからにしましょう。仮にも宝物庫ですから、無暗に壊すことは避けるべきです」

レナルドのもっともな発言に、皆神妙な顔で同意してから、静かに屋敷を出ていく。

リネットとしても、この屋敷を壊すのは忍びないところだ。金銭的な価値はともかく、思い出の品はこれからも守っていって欲しいと思う。

ここが歴代国王の品を納める場所なら、いずれはアイザックの品も保管されるのだ。リネットにとっても、他人事ではない。

「それにしても、なんだか地下洞窟を見つけた時に似ていますよね」

「そうだな」

アイザックにエスコートされながら、リネットも屋敷の扉をくぐって外に出る。

あの時も、地下で吸収されているはずの濃い魔素が外に漏れ出てしまい、具合が悪くなる人がでたりして大変だった。

（見つけるきっかけになったのは、魔導具とアイザック様だったわね）

リネットは実物を見ることはできなかったが、騒ぎの元になったのは、魔術大国から持ち込まれた鏡の形をした魔導具だった。

それが多すぎる魔素によって暴走して、アイザックの鏡像を具現化したのだ。

彼はリネットを全ての原因の元まで誘導して……そして砕け散った。

(偽物でもアイザック様は本当に変わりなくて。砕けた時に、ちょっとだけ悲しかったのを覚えてる)

思い返せば、『魔導具』と呼ばれるものにリネットは思い出が多い。

魔術師にとってお弁当や水筒のような役割の燃料石とは違い、魔導具は術者の想いがこめられている品だ。

初めてもらったリネットを守るためのネックレスも、婚約式で誓った指輪も、リネットを想うアイザックの心がこもっていた。

作るのがとてつもなく難しいため、貴重品として厳重な管理下に置かれる物がほとんどだが、その正体は魔術師の心を形にしたものなのかもしれない。

(だとしたら、この幽霊もどきを放っている魔導具は、悪いものなのかしら)

人を不快にするのが目的なら、もっと効率的なやり方がある。それに、本当に初代騎士王がかかわっているとしたら、何か意味があるような気もしてくる。

……それが何かは、リネットには想像もつかないけれど。

「リネット？」

「あっ、すみません！」

視界いっぱいに映ったアイザックに止められて、現実に戻ってくる。つい考え込んでしまっていたようだ。

（何にしても、皆が幽霊を怖がっているのは事実だし、問題は早く解決しないとね）

アイザックが全ての鍵をかけ直し、エスコートされるままに宝物庫を離れていく。

……何故か名残惜しいような。離れてはいけないような感覚を、胸に残して。

＊　＊　＊

地下へ行くための道具を用意するというアイザックたちと別れて、リネットとミーナは一度私室に戻ることにした。

彼らと比べれば些細な量だが、リネットにも一応仕事はある。少なくても、今後のための大事な仕事をおざなりにはしたくない。

「リネット様」

ふいに、先導する護衛たちが止まった。リネットが彼ら越しに覗いてみると、私室の前の廊下に人がいることに気付く。

「ん、あれ？」

黒を基調としたお仕着せ風ドレスに、白茶色の柔らかな髪の、見覚えがありすぎる女性だ。

「カティアさん！」

「こんにちは、リネット様」

名を呼べば、お手本のような礼で返してくれる。数日会っていなかっただけで久しぶりだと感じてしまうその人は、ずっとお世話になっていた王妃の女官のカティアだった。

はしたなくならない程度に急いで近付けば、色っぽい緑色の垂れ目が優しく細められる。

「王妃様から何かご用事ですか？」

「いいえ、そういうわけでは。半分ぐらいは、わたくしの個人的な用ですね」

どこか困ったように笑いながら、カティアはちらりと視線を動かす。

廊下の先には、見慣れたお仕着せに身を包む侍女たちが固まってこちらを見ていた。

「もしかして、専属侍女を早く決めなさいとか、そういう……？」

すぐに思いつく失態に、鼓動が速まっていく。しかしカティアは、それも笑いながら優しく否定した。

「違いますよ。リネット様、お時間がよろしければ、しばしお付き合いいただけませんか？」

「私が、ですか？」

後ろについてきたミーナと顔を見合わせてから、一応頷いて返す。ヒマではないが、カティアより優先すべき急ぎの仕事はなかったはずだ。

カティアはどこかほっとしたように息をこぼすと、固まっていた侍女たちに向かって、丁寧な所作で手招きをした。

カティアと侍女たちと共にやってきたのは、リネットが入ったことのない棟だった。

使用人たちが使う棟とはまた違う、いわゆる城勤めの上位役職が普段詰めている場所で、連れてこられたのは会議室らしい。

室内は華美すぎない落ち着いた装飾にとどまっており、大きな円卓には二十脚ほどの椅子が合わせられている。

「リネット様！」

リネットが入室すると、室内にいた者たちから視線が一気に集まる。

着ているものは色々だが、皆城に勤めている女性のようだ。

「これは一体何の集まりでしょう？」

「何というわけでは。強いていうなら、臨時の休憩室ですね」

カティアの言う通り、円卓には茶菓子や紅茶のカップがあちこちに置かれている。だが、お茶会と呼ぶには雑な感じで、リネットがお掃除女中だった頃によく見かけた光景だ。

「実は彼女たちは皆、最近噂の幽霊を見てしまっている子たちなんです」

「あ……」

カティアの固い声で気付いたが、確かにどの女性も顔色があまりよくない。隈が隠せていない子もいるので、眠れていないのかもしれない。

「……あの、カティアさんも？」

リネットが訊ねれば、彼女も静かに首肯する。

カティアもまた、マクファーレンについて来ても体調が悪くならなかった人だ。とすれば、レナルド同様に魔術適性を持っている可能性が高い。

「えっと、私もアイザック様も解決に向けて動いているんですけど、まだお伝えできないこともあって。どうお話ししたら……」

「いえ、進捗をお話しして欲しいわけではないのです」

「？」

リネットが勝手に話すわけにはいかないと思っていれば、カティアは諭すように、ゆっくりとリネットの背に手をあてた。

「リネット様には、彼女たちと普通にお喋りをして欲しいのです。それだけで、きっと元気になれると思いますので」

「え？　ええぇ？」

予想外の依頼に、リネットは瞠目する。自慢ではないが、リネットは話術に優れているわけでもなければ、社交界の情報に詳しいわけでもない。

城に勤めている彼女たちに聞かせてあげられるような話など、せいぜいアイザックとの惚気話ぐらいだ。

「あの、本当に普通にお話ができたら嬉しいです」

「王太子妃殿下がいて下さるなら、きっと大丈夫だって思えますから」

カティアの依頼を後押しするように、女性たちはどこか遠慮がちに近付いてくる。

（私、いつの間にそんな守り神的なものに……？）

少し話を聞いてみると、彼女たちの間でリネットは『行動力のある勇者』として知られているのだそうだ。

名高き〝剣の王太子〟に唯一寄り添うことができる人で、男装をしてでも愛する夫の隣に立つ強い女性だ、なんて憧れられているのだとか。

（いや、間違ってないけど！　それに憧れたらダメだと思うわ）

言い方を変えれば、それは女らしさに欠けた野生児ということであり、決して褒められるような話ではない。作法の師であるレナルドが聞いたら、泣いて悲しみそうだ。

「リネット様とお話ししていると、元気になれるんです！」

そう言って笑ってくれたのは、何度かリネットのところに支度に来てくれた侍女だ。

友好的な関係を築けるように気を遣ってきたが、元気になれるなんて言ってもらえると、やっぱり嬉しい。

「いつの時代も、強い女性は皆の憧れですよ、リネット様」

「私の場合、淑女としてダメな強さなんですけど……そんな私でよければ？」

カティアの推薦も受けて恐る恐る了承すると、わっと場の空気が明るくなった。

年齢的に見ても、元々お喋り好きな子たちなのだろう。リネットが話題をふるべきかと思いきや、会話は勝手にポンポンと弾んでいき、少しずつ皆の表情も笑顔になっていく。

……本来なら、どこにでもあるべき、普通の光景だ。

（王城のどこにいても幽霊に会ってしまうとなれば、疲れちゃうのも当然よね。辞めないでくれるだけありがたいわ）

これが温室育ちのご令嬢なら、確実に寝込んでしまう話だ。理由は個々であるだろうが、働いてくれている彼女たちも強い女性だと思う。

「……あの、リネット様。わたしたちは大丈夫なんでしょうか？」

「とりあえず、あれは本物の幽霊じゃありません。アイザック様も解決のために動いて下さってますし、近日中に必ず騒動を終わらせることを約束します」

「ああ、よかった！」

ひとまず言える範囲のことを伝えただけでも、彼女たちは心底安心したように手を繋ぎ合って喜び、笑ってくれる。

あの幽霊もどきにも事情があるのかもしれないが、大事な国民をないがしろにすることはあってはならない。ここを疎かにしたら、リネットは本当に王太子妃失格になってしまう。

「ありがとうございます、リネット様。おかげでもう少し頑張れそうです」

「とんでもない。カティアさんこそ、皆を気遣ってくれてありがとうございます」

カティアにも感謝を伝えると、彼女は満足そうに笑みを返してくれた。王妃の女官という多忙な立場ながら他の役職の者たちも気遣ってくれるなんて、カティアこそ皆の模範だ。

その彼女が頼ってくれたことを、リネットも誇らしく思う。

「そういえば、専属の侍女が決まったのですか？　わたくしは初めてお会いしますが」

「いえ、残念ながら。彼女は臨時で私についてくれている人なんです」

ふいに視線が後ろへ動けば、慣れた様子でミーナが礼をする。

幽霊もどきが見えない彼女はこの場では居心地がよくないだろうに、集まってからも何も言わずに、リネットの背後に控えてくれていた。

「良い腕ですね。わたくし個人としては少し寂しいですが、よろしいと思いますわ」

カティアはにこやかに返礼すると、ミーナにぐっと親指を立てて応える。王妃の女官が合格を出すとは、やはりミーナの腕は本物のようだ。

「あ、ありがとうございます」

当の本人は、淑女の鑑のようなカティアが指サインをするとは思わなかったのか、少々困惑気味だ。カティアは素晴らしい女性だがお茶目なところもある人なので、二人にはぜひとも仲良くして欲しいと思う。

(それに、ミーナが技術に自信を持ってくれたら嬉しいな)

本職の『梟』を疎かにさせるつもりはないが、彼女が侍女の仕事を『やりたい』と思ってくれたなら、リネットの臨時付きをしてくれる時間も少しは伸びるかもしれない。

リネットから頼むのは憚られるものの、彼女自身がそう思ってくれたら、あるいは……なんて、打算的なことも考えてしまう。

「それにしても、リネット様。少し長居をしすぎてしまったようです」

「え?」

こほんと咳払いをしたミーナにつられて顔を上げると、カーテンの向こうから橙色の光が漏れているのがわかる。ここに集まったのがお昼を少しすぎたぐらいだったので、ずいぶんと話し込んでしまったようだ。

もっとも、誰も呼びに来たりしなかったので、きっと集まっている彼女たちはお休み扱いにしてくれているのだろう。

「ここまでお時間をとらせるつもりではなかったのですが、申し訳ございません」

「いえいえ、私もとても楽しい時間でした」

恐縮する女性たちに一人一人声をかけながら、散らかしてしまったお皿やカップを台車に運んでいく。

昼食は食べ損ねてしまったが、軽食はとれたのでまあ大丈夫だろう。お腹がもたなさそうなら、夕食を早めにお願いすればいい。

「リネット様、ありがとうございました！」

会った時とは別人のように元気になった彼女たちに、手をふって送り出す。

これから夜になるので不安はあるだろうが、なんとか仕事を辞めることなく、今後も勤めてくれることを願いたいものだ。

「きゃあああああ！」

そんなリネットの祈りも空しく、廊下に出た女性から突然悲鳴があがった。

「何っ!?」

慌てて扉を押し開けて、その意味を理解する。

ゆらりと視界を遮る白い霧。それはあっという間に人の形を作って、リネットたちに視線を向けてきたのだ。

「まだ夕方なのに、どうして……！」

霧が固まっていくと、そこにはアイザック……いや、若い頃の初代騎士王にそっくりな幽霊もどきの姿が現れる。

《どうか、手を貸して欲しい。私が見える者よ、どうか――》

願うような、祈るような真摯な眼差しで、人々を見つめては囁く。いっそ神聖さすら感じる姿だが、残念ながら幽霊もどきだ。

「言いたいことはわかるけど、その幽霊っぽい姿はやめて欲しいわね！」

リネットは円卓に残っていたティースプーンを手に取り、幽霊もどきに向けてナイフの要領で横に一閃する。

シュッと空を切る音が響いて姿が一瞬解けたが、すぐにまた元に戻った。物理攻撃はもちろんのこと、リネットの魔術師殺しの体質も、やはり効かないようだ。

（魔導具から出たものには効果がないか……）

……だが次の瞬間、幽霊もどきは今までとは違う行動にでた。

「えっ、動いてる⁉」

今までは現れたその場から動くことなく消えていたのに、ふわふわと移動を始めたのである。

まるで、見えている者を誘うように。

《私が見える者よ、どうか手を貸して欲しい。もう時間がない……》

同じようでわずかに違う言葉を繰り返しながら、幽霊もどきはどんどん移動していく。思ったよりも速くて、歩いていたら置いていかれそうなほどだ。

「リ、リネット様……」

再び怯えた表情になってしまった女性たちは、腰を抜かしてしまったり、壁や柱にしがみついたりと、必死で恐怖に耐えている。

涙に濡れたその目と視線が合ったリネットは、あえてニッと口端を吊り上げた。

「大丈夫、私が追うわ。皆はそれぞれの部屋に戻って待機していて。カティアさん、皆をお願いします！」

しっかりと宣言してから、幽霊もどきが移動した方向へ走り出す。今朝、動きやすい支度をしてもらっておいたのは正解だった。

「リネット様、お供します」

「ありがとう、ミーナ」

リネットにつかず離れずの距離には、ミーナも並走している。

「貴女も見えてる？」

「いえ、残念ながら。ですが、移動しているのですよね？」

「ええ。今追いかけているわ」

「かしこまりました。では、私は貴女に追従します」

走りながら話しても、ミーナは全く息が乱れていない。

他の侍女ではリネットには追いつけないだろうが、彼女なら逆に、リネットが追いていかれないように頑張らなくてはならなさそうだ。

(さすが『梟』の一員、心強いわ)

見失わないように速度を維持しながら、王城の廊下を駆けていく。幽霊もどきは一体、どこへ向かおうとしているのか。

階段を駆け下りて、別の棟へと繋がる廊下と合流して――次の瞬間、またおかしなものが視界に入ってくる。

「うわっ、二体目⁉」

なんと、全く同じ姿をした幽霊もどきが二体に増えたのだ。

正確には、別の棟のほうに現れていたものが、合流したらしい。

(同じものが同時に発生しているとは聞いていたけど、実際に見るとすごく変な感じね)

アイザックに似た白い双子が、同じ言葉を繰り返しながらゆらゆらと進んでいく。

「えっ、貴女様は⁉」

すると、もう一体の幽霊もどきを追ってきたのか、合流元の廊下から二人の男が駆け寄ってきた。一人は身なりがしっかりしていて、もう一人はその侍従といった印象だ。

リネットの顔を知っているのか、侍女と並走する姿に困惑している。

「あれは私とアイザック様が追います！　どうかご心配なく！」

「あ、はいっ！」

アイザックの名を出せば、すぐに〝手出し無用〟と理解したのか、彼らは動かしていた足をぴたっと止めると、通りすぎるリネットたちを紳士の礼で見送ってくれた。

「もしや、出現中の幽霊が集まってきているのですか？」

「そうみたい。目的地が同じなのかしら？　同じ顔がふわふわしてて変な感じよ」

そう言っている間にも、リネットの頭上を追い越して三人目の幽霊もどきが加わってくる。

いくらアイザックにそっくりでも、同じ顔が何人もいたら不気味でしかない。

「うわあっ！　幽霊が増えた⁉」

道の反対側からは、今度は悲鳴や怒号なども聞こえてきた。

「幽霊が見えちゃってる皆さん！　こちらで対処しますので、近付かないで下さい！」

リネットは制止の声をあげながら、増え続ける幽霊もどきを追い続ける。悲鳴も騒音も進むごとに比例して増えていくので、呼びかけるのも必死だ。

(もう、同じ姿なんだから合体すればいいのに！)

律儀に一人ずつ増えていくので、視界は恐ろしいというより面白いことになりつつある。もはや心霊現象というより、手品か見世物のような有様だ。

「リネット！」

そうして五分ほど走り続けたところで、ダンッと重い足音がすぐ隣で響いた。聞き覚えのある軍靴の音に顔を向ければ、真剣な様子の紫水晶と視線が絡む。

「アイザック様！　これは追い続ければいいんでしょうか⁉」

「恐らくな。行き先もわかっているから、俺は先回りしてくる。できれば追ってくる人間を止めてくれ。けど、無理はしないようにな！」

「わかりました！」

アイザックは早口でそれらを伝えると、幽霊もどきを追い抜いて駆けていった。先回りすると言った通り、彼は本当に行き先がわかっているようだ。

「オレも殿下を追う。ミーナ、リネットを頼むぞ」

「はっ！」

頭上からは一瞬だけグレアムの声が聞こえたが、見上げた時にはすでに姿はなかった。実の兄ながら、相変わらずとんでもない身のこなしだ。

(アイザック様と兄さんもいるなら安心ね。でも、どこまで行くのかしら)

すでに何体なのかわからないほどに増えた幽霊もどきたちは、なおも動きを止めることなく、ふわふわと進んでいく。

平坦（へいたん）な道だけならまだしも、階段の上り下りもしながらなので、リネットもそろそろ腹の横辺りが痛み始めている。

しかも、混乱する人々を見かけたら、声をかけながらの疾走だ。正直、かなり苦しい。

「そんなに長くは走り続けられないけど、どうしよう……」

「リネット様、辛（つら）くなったら言って下さい。多分、背負って走るぐらいなら、私でもいけると思いますので」

「で、できれば遠慮したいわ」

がたいのいい軍人たちならまだしも、お仕着せ姿のミーナはリネットと背もそれほど変わらない女性だ。その彼女に背負われるのは、できる限り避けたい。

（でも、色んな意味できつい……っ！）

冗談を交わしている間にも、幽霊もどきは増え続け、すでにただの白い塊（かたまり）になっている。

ここまでくると恐怖感は完全になくなり、だんだんと苛立（いらだ）ちが募（つの）ってきた。

ただ同時に、悲鳴をあげる者や後ろから追おうとしてきた者たちも減ったようだ。

「とにかく、行けるところまで行きましょう！」

「はい！」

塊になった幽霊もどきを追って、走って走って走り続けて。

――ようやく辿りついたのは、昼間に初めて訪れた宝物庫だった。

「リネット様、大丈夫ですか!?」

「なん……とか」

普通に歩いてもそこそこある距離を走り続けてきたことで、さすがのリネットも息も絶え絶えといったところだ。

汗で張り付く裾をなんとか払いながら、無骨な石壁へよろよろと近付く。

鍵はすでに開いており、西に沈んだ太陽よりも明るい火が、煌々と中を照らしていた。

「リネットさん？　だ、大丈夫ですか？」

出迎えてくれたのは、困惑した様子のレナルドだ。手に握られているのは、ずいぶん太い縄はしごである。

「……もう、床を掘り始めたんですか？」

「いえ、まだですよ。ですが、外は大変な騒ぎだったようで」

ぽんと背を支えられながら、石壁の中へと入っていく。

大量に集まっていた幽霊もどきは、石壁の前まで来たところで忽然と消えてしまった。

間違いなく、彼らが招きたかった場所はここのようだ。

「リネット、無事か？」

息を整えながら建物に入ると、中にはあちこちに明かりが灯されて、より民家のような温かい雰囲気が満ちていた。

その一室、昼にも訪れた広間にあたる場所で、アイザックとグレアムがうろうろと壁や床を検分している。

どうやら、どこを壊して入ろうか決めあぐねているようだ。

「昼間に触っていた床板ではないんですか？」

「まあそうなんだが……実は結構広範囲から魔力を感知していてな。昼間ノックしてみせたのは、範囲内の適当な床なんだよ。かといって、感じるところ全部を壊して掘ったら、この宝物庫の床が穴だらけになるしな」

問いかけたリネットに、アイザックは苦笑を浮かべて返す。能力が高いことは確かだが、それでも万能ではないらしい。

アイザックは何でもできると思っていたので、ほんの少しだけ意外だ。

《どうか、手を貸して欲しい》

リネットの耳に、あの声が蘇る。アイザックに似ているけれど、こちらのほうが低い。

まだ早鐘を打つ胸をぐっと押さえつけて、室内を見渡す。

私が見える者、どうか……。彼が何度も繰り返した言葉の意味を考えながら、じいっと、見比べる。

「…………あった」

やがて、部屋の端の床板の前で、リネットはそれを見つけた。

以前にも一度見たことがあるので、すぐにわかった。もちろん、あの時よりは少ない量だ。

「兄さん、ここの上を歩いてみて」

「ん？　ああ」

一瞬眉をひそめたグレアムは、しかしすぐにリネットが示した床の上を歩いてくれた。

一往復、二往復。首を傾げた彼は、わざと靴音を立てるように歩いてみて、気付く。

「アイザック殿下、ここです！　床板が厚くて気付きにくいけど、下が空洞だ」

グレアムの報告に、ぱっと空気が明るくなる。誰よりも耳がいい兄なら、きっと気付いてくれると思った。

安堵の息をこぼしながら、リネットは脱力して膝をつく。一度休まないと体力が限界だ。

「リネット様！」

慌てて駆け寄ったミーナが、リネットの背を優しく撫でてくれる。彼女も同じ速度で走ってきたはずなのに、汗一つかいていないのだから尊敬してしまう。

「リネット、どうしてここがわかったんだ？」

グレアムの足元を叩いて確認しながら、アイザックも訊ねてくる。やはりリネット以外には視認できないようだ。

「アイザック様が魔力を感じられるのと同じで、私は見えただけですよ」

疲労の抜けきっていない指先を、グレアムが立つ床に向ける。

下から砂のように、かすかにこぼれてくる光。わずかに青みを帯びたそれは、地下に広がる洞窟の岩の中を泳いでいたものと、きっと同じだ。

「……そこから、魔素がこぼれてます」

リネットの発言に、明るいはずの室内の空気は、凍りついたように固まってしまった。

５章　初代騎士王ロッドフォード

「全員、下がれ」

止まってしまった時間を動かしたのは、アイザックの発した鋭い声だった。

「うわっ⁉」

続けて、響き渡る鈍い破壊音と、視界に広がっていく砂っぽい煙。

「けほっ……アイザック様、一体何を……！」

とっさにミーナがかばってくれたおかげで砂まみれになることは免れたが、もうもうと立ち込める煙にそろってむせてしまう。砂……というよりは、細かい木屑のようだ。

二人がかりで周囲を払うことしばし。何が起こったのかを視界に入れて、リネットは再び言葉を失ってしまった。

「ゆ、床が‼」

先ほどリネットが指し示した床板は、まるで小さな隕石でも落ちてきたかのように、深い穴を空けていた。そして、アイザックの手には、見慣れた彼の愛剣が握られている。

（まさか、剣で床を壊しちゃったの!?）

相変わらず、旦那様の強さは桁違いだ。普通の人間なら、床に刃を刺すだけでも力がいるだろうに、板を砕いて大きな穴まで空けてしまうなんて。

「ちょっと殿下、何をやっているのですか!!　やりすぎです！」

「悪かった。正直俺も驚いているんだが、リネットの言っていたことは本当だったようだな」

あまりの惨状にレナルドが声を荒らげると、アイザックはハッとした様子で苦笑を返す。

……よく見れば、彼の握る剣の刃が、ほんのりと発光していた。

「アイザック様、魔術を使ったんですか？」

「ああ。使えてしまった」

彼の声には明らかに戸惑いが滲んでいる。物質を強化する系の魔術のようだが、予想以上の効果が出てしまったらしい。

それはつまり、魔術師にとって能力を発揮しやすい燃料があるということだ。

考えたくない事態に、皆の顔にも緊張が走る。

「じゃあ、また洞窟から漏れ出して……？」

この地が〝魔術が使えない土地〟になった原因である地下の燃料石鉱脈は、長年吸収し続けたせいで、とんでもない純度と密度を誇る魔素を蓄えている。使うと通常よりも魔術の効果を大きく出せるが、反面、耐性のない人間には体を蝕む毒となってしまう代物だ。

(もしかして、あの幽霊もどきは、魔素が漏れていることを知らせてくれる機能だったとか?)

それなら一応筋は通る。警報のような役割なら、『もう時間がない』と言っていたのもわからなくはない。

だがここは、魔術が使えないせいで虐げられた者たちが、亡命して築きあげた騎士の国ロッドフォードだ。初代騎士王が連れてきた亡命者は、日常的に魔術が使われている国でやっていけなかった人々だろう。

そんな彼らが、魔術大国の王子でさえ『難しい』と断言する魔導具を作れるわけがない。その技量があるなら、彼らは追い出されるどころか引く手数多だったはずだ。

では、魔導具は誰が作ったのか。それとも、元の国から持ち出してきた物なのか。謎は深まるばかりだ。

「……へえ、中はこういう感じか」

皆が顔を見合わせる中、真っ先に動いたのはグレアムだ。

周囲に転がる残骸を拾っては穴の中に落とし、返ってくる音で深さなどを確かめている。その動作は、とても慣れたものだ。

「それにしても、さすが殿下。魔術を使ったとは言え、よくこの床板をぶち抜きましたね」

感心と呆れが半々の兄の声に釣られて、リネットも穴を少し覗き込む。

欠けた側面からは断熱材などもしっかり見えていて、かなり厚い。下に何かあるとは思えないような、がっしりとした土台だ。

通常、地下への扉などを作る時は、その部分の床板を薄くしておくはずだ。押すにしろ引くにしろ、そこを開閉しなければ下りられないのだから。

（でもここ、扉らしきものもないし、ただの床よね。掘削の道具がないと普通は壊せない厚さだわ。それに、言ったのは私だけど、兄さんもよく下に空洞があるってわかったわね）

リネット自身の視力もおかしい自覚はあるが、皆の実力は群を抜いていると改めて感じる。

昼にアイザックも運命的だと言っていたが、ここまで異端な者が集まると、本当に何か強い力が働いているように思えてくる。

「これなら、まあいけるな……」

しばらく検分していたグレアムは、ミーナとも相談してから、レナルドが持っていた縄はしごの設置を始める。どうやら、彼らが下りても大丈夫な深さだと判断したらしい。

「リネットはランプに火を入れてくれるか？」

「あ、はいっ」

アイザックに指示されて周りを見てみると、ランプの他にも沢山の道具が用意されていた。

岩を登る時に使うような特殊な足場や縄もあれば、穴を空けるためのツルハシもある。

「結構本格的に、地下へ潜る準備をされてたんですね」

「以前に洞窟を見つけた時は、俺の偽物にやりたい放題されて、何の準備もできなかったからな。今回は時間があった分、色々と準備してから来たんだ」

「結局剣でぶっ壊しましたけどね」

「グレアム……」

ちょっと得意げに語るアイザックだったが、すぐに横から否定されてしょんぼりと視線を落としてしまう。

リネットが代わりに兄を睨めば、美少女顔には困ったような、拗ねたような表情が浮かんでいた。グレアムなりに、アイザックのことを心配していただけのようだ。

「無駄に床を壊した殿下へのお説教は後にしましょう。よし、はしごの固定できましたよ」

そうこう話している間に下りるための準備ができたらしい。レナルドがぐいぐい引っ張って確認しているが、見た目よりも頑丈そうだ。この手際のよさは、軍人ならではだろう。

「じゃあ、私が先に行ったほうがいいですよね？」

「は？」

火を入れたばかりのランプを持って穴に近付けば、途端に全員から呆れたような声が返ってくる。皆の目が雄弁に語るのは『お前は何を言っているんだ』である。

「下は結構暗いみたいですし、夜目が利く私が行くべきかと思ったんですけど……」

「王太子妃を何があるかわからない地下に先行させるわけがないだろ。お前は馬鹿なのか？」

「貴女(あなた)はまだ、ご自分の立場をおわかりではないのですか？」

「うっ！」

実兄と義兄が追い討ちのように咎(とが)めてくるので、リネットもしょんぼりと視線を落とす。単に適材適所な提案をしただけなのだが、兄たちの視線はとても冷たい。

「リネット様に先行させるぐらいなら、私が参りますよ」

「いや、先頭はオレが行く。ミーナも今はリネット付きなんだから、『梟(ふくろう)』よりも侍女の立場を優先しろ」

続けて立候補したミーナを、グレアムは即座に却下する。『梟』よりも侍女、という言葉に、彼女の肩が震えた気がした。

「わ、私は、グレアム様の部下です」

「わかってるよ。だからこそ、頭(かしら)として命令だ」

「…………」

ミーナはわずかに息を呑(の)んだ後、腰を折って頭を下げた。本来なら先行要員は部下が務めるものだが、自ら進んで動くのがグレアムらしいところだ。

「兄さん、気をつけてね」

「オレを誰だと思ってるんだ。行ってくる」

「って、ちょっと!?」

言うが早いか、グレアムはスルスルーッと滑るように縄はしごを下りてしまった。いや、実際に滑り落ちたのかもしれない。

「速すぎでしょ!? 兄さん大丈夫!?」

慌(あわ)てて照らしたランプの明かりが、落ちていくグレアムを追いかける。どうやら、思ったよりも底は深くなかったらしい。

この建物とだいたい同じぐらいの高さを下りきった彼は、音もなく着地すると、ぶんぶんと大きく手をふって合図してきた。

「どうなった?」

「えっと、大丈夫みたいです」

当然リネットぐらいにしか見えない光景だ。暗い穴を怪訝(けげん)な表情で覗き込んだアイザックとレナルドは、ほっと同時に息をついた。

「あいつの腕は信じているが、あんな速さで動かれると心臓に悪いな。次は俺が行く。リネットはその後についてきてくれ」

「わかりました」

続けて、リネットからランプを受け取ったアイザックも、器用にはしごを下りていく。アイザックの後にリネットとミーナが下りて、殿(しんがり)をレナルドが務める形だ。

「意外と広いですね……」

ドレスがひっかからないよう慎重に裾を捌きつつ、リネットは注意深く周囲を眺める。

処理をしていない側面はでこぼこした土や岩肌がそのままだが、下へ行くにつれて広がっているようだ。やがてグレアムとアイザックが待つ底まで下りきると、ちょっとした広間のような空間になっていた。

そこから道のように横にも空洞が続いており、長身のアイザックの頭上に余裕があるほど広々としている。それこそ、作りかけの『梟』の通路と言われても信じてしまいそうだ。

「広いですね……やはりここは、人工の空洞でしょうか」

グレアムと同じような速さで下りきったミーナに続いて、もう一つランプを持ったレナルドも合流する。

そういえば、全員が下りて来たので命綱になる縄はしごを誰も見張っていないが、大丈夫なのだろうか。

「ああ、上ですか？　大丈夫ですよ。外の石壁の前と屋敷の中に、それぞれうちの部隊の者を待機させています」

「よかった、他の方もいたんですね」

リネットが聞く前に答えてくれたので、胸を撫で下ろす。他にも人がいるなら、こちらの探索に集中できそうだ。

「先行しないだけで、リネット様も下りてらっしゃるのが驚きなのですが」

「あ、ごめんなさい。私たちは留守番だと思った？」

「普通はそういうものかと」

なるほど、先ほどミーナが反応していたのは、そういうことだったらしい。上司を危険な場所へ行かせて、自分が留守番など……と気を遣ったのだろう。

護衛も兼ねている彼女には申し訳ないが、リネットはアイザックと共に生きると決めているので、彼が向かう場所ならば地下だろうが冬の雪山だろうがどこにでも行く。

それこそが、リネットが彼の唯一無二の妻である証でもあるのだから。

「私は平気ですし、『梟』としては正しい行動なので構いませんが。リネット様の専属侍女になる方は大変そうですね」

「わ、私だって、普通の侍女に無理強いはしないわよ」

仕える者からしたら、主人が危険な場所に突っ込んでいくなど迷惑以外の何ものでもないのは、リネットもわかっている。ついて来てもらったのは、ミーナがミーナだったからだ。

「それに……このままミーナが専属になってくれてもいいのよ？」

「……っ！」

ちらりと本音を伝えてみれば、彼女は瞠目した後に、少しだけ頬を染めて目を閉じた。意外にも、リネットが思っていたよりは好感触だ。

（でも、了承じゃないなら弁えないとね）

気を取り直して、周囲に視線を向ける。アイザックとグレアムは、横に続く通路のような空洞を進んでみるようだ。

ただ残念ながら、リネットの目には結果がもう映ってしまっている。

「アイザック様、そっちの道ですが、いくらも行かないうちに行き止まりになってます」

「そうなのか？」

「はい。壁が見えます」

グレアムも壁を叩いて、音の反響で距離を探っている。耳を澄ませてみても、音が抜けるのは入ってきた上部の穴のみだ。

「まあ、とりあえず行くだけ行ってみるか」

結果がわかっていても、行ける方向が一つなので行くしかない。アイザックに手を引かれながら、リネットも壁に向かって進んでいく。

そして数分も経たないうちに、視界は平らな壁になった。ランプで照らしてもやはり壁だ。

「どうしましょうか……」

てっきりまた燃料石洞窟のようなものがあるのかと思ったが、何度見ても行き止まりだ。わざわざ地下まで下りたのに、少しがっかりしてしまう。

「だが、魔導具の気配は、この壁の向こうからだな」

「そうなんですか？」

アイザックは壁に手をつくと、じっと目を凝らしている。

リネットも見渡してみるが、魔素が漏れていることもなさそうだ。

「じゃあ、どこかに別に入口があるんでしょうか？」

「かもしれないが、また上に戻って穴を空け直すのも手間だな。……先ほどと同じやり方でいいか。リネット、下がっていてくれ」

「えっ？」

リネットを壁前から下げたアイザックは、ランプをこちらに持たせると、自分は腰の剣を引き抜いて構える。同時に、刃もほんのりと発光し始めた。先ほどの魔素が、アイザックの中にまだ残っていたらしい。

「ふっ……！」

まるで、楽団の指揮者のような、軽やかな一閃。

ガキンと鈍い音を響かせた壁は、そのまま上下で真っ二つに割れて、下部が崩れ落ちた。

「は？　ええっ!?」

中から現れたのは、彼が望んだ通りの空間……部屋らしき人工物だ。

「よし、やはりあったな！」

「えええ……」

何とも力業な解決に、ついて来た他の面子も引き気味だ。

まさか二度も〝壊して道を作る〟なんて思わないだろう。

（なんだか、間違えた気がするんだけど……大丈夫かしら、これ）

今のところ上の土が崩れてくるようなことはなさそうだが、ここは建物の下である。もし衝撃で上の宝物庫が落ちてくるような事態になったら、生き埋め確定だ。

もちろん、アイザックがそんな初歩的な失敗をするとは思っていないが、場所が場所なのでつい不安になってしまう。

もっとも、すでに壁はなくなったので、後の祭りだ。

残骸をどかしながら進んでいくアイザックを、慌ててグレアムが追い抜いて、安全を確認している。先ほどグレアムも同じことをしていたが、上の者に行動力がありすぎると、部下は苦労するようだ。

「うわあ、何これ……」

リネットも恐る恐る中に入ってみると、アイザックが壊した壁は、やはり人工物だったことがわかった。……部屋の内側に、びっしりと文字らしきものが刻み込まれていたのだ。

残念ながらリネットには読めない字だが、規則性があるのでただの模様ではないだろう。意味ありげだということはリネットでも感じ取れる。

「オレは知らない文字ですね。殿下は読めますか？」

「魔術の書で見たことがあるが、俺も辞書がないと読めないな」

壁を壊した張本人のアイザックは、特に気にした様子もなくどんどん中へ進んでいく。

明かりがランプのみなので、距離感が少しおかしくなっているのかもしれない。彼の代わりにレナルドとミーナが、注意深く周囲を窺っている。

「……ん？」

ふと、リネットの視界に、何かが映る。

速すぎて捉えられなかったが、大きな人影のようなものが動いたように思えて。


——次の瞬間、アイザックの目の前で、激しい火花が散った。


「アイザック様!?」

暗い空間に響くのは、剣がぶつかり合う鋭い音。

すぐさまミーナの背後にかばわれたが、リネットの目にはアイザックが剣を打ち合う姿がはっきりと映っている。

(アイザック様が、誰かと剣を交えてる!?)

鉄が軋み合う独特の音は、グレアムのように耳がよくなくてもわかる。いつまでも耳に残る、戦いの音だから。

「刺客か!?」

放り出されて割れたランプが地面を燃やし、その炎が彼らの姿を照らし出す。

片方は当然アイザックだ。そして、襲いかかるもう一人――それはそっくりな顔をした、赤い髪の男だった。

「あの人は……！」

何度も見ているリネットは、さすがにもうアイザックとは間違えない。

何より、目の色が違う。雄々しく鋭い男の目は、太陽のような金色をしていた。

「おい待て……あれは、粗描きの初代騎士王陛下か!?　今回はオレにも見えるぞ」

「馬鹿な、なんであの方が!?」

相手をしっかりと視認した兄たちも、それぞれ驚愕の声をあげている。

城を騒がせた幽霊のようなぼやけた姿ならまだわかるが、こんなにはっきりした、物理干渉ができる姿で故人が現れるはずがない。

(だとしたら、これも魔術ってこと？)

リネットの予想に応えるように、壁にびっしりと彫られた文字が光り始める。

その光は幻想的でありながら、同時に警報を鳴らされているような焦りも感じさせた。

「くっ……！」

周囲を威圧するように、刃から火花が咲いては散っていく。

実力は拮抗しているようで、加勢しようとしたレナルドやグレアムも迂闊に手が出せず、じっと打ち合いを見守ることしかできない。

「ふっ！」

一際大きな音を立てて、弾かれた一方の剣がぐんっと空中を仰ぐ。体勢を崩したのは、初代騎士王の姿をした男だ。

すぐに構え直そうと体を捻るが、その隙を見逃すアイザックではない。

「遅い！」

ザクッと湿った肉を裂く音が落ちて、思わずリネットは顔を背けてしまう。

……だが、聞こえたのはそれだけで、倒れたりするような音はしない。

(大丈夫かしら……)

恐る恐る視線を戻すと、男の体が空気に溶けるように消えていくのが見える。

残ったのは、剣をふり抜いたままで息をつくアイザックだけだ。

「消えた……？　じゃあ、今のも魔術だったんですか？」

「そのようだな。斬った感触はしっかりあったが、魔術だったんだろう」

リネットがアイザックに駆け寄ると、愛剣を軽く揺らしながら、片手でリネットの腰を抱き寄せてくれる。

刃にも血などついていない。打ち合った音がしていたのは間違いないが、本当に幻だったようだ。

「何故、初代騎士王にそっくりな幻が襲ってきたんでしょう？」

「わからん。だが、何らかの防衛装置のような印象を受けたな。俺に敵意を持っているというよりは、ただ排除するための動き方だったと思う」

「防衛装置？」

さすがは剣の腕だけで名を知られているアイザックだ。わずか数回打ち合っただけで、相手の動き方までわかるとは。

（ということは、何かを守ろうとしたってこと？）

なんとなく嫌な感じがして、リネットはアイザックの腕の中からそっと離れる。――壁に彫られた謎の文字は、今もなお淡い光をたたえたままだ。

「リネット？」

「すみません。お邪魔になりそうなので、一応離れておきますね」

「リネットが邪魔になったことなど、一度もないが……」

言いかけて、アイザックもリネットの視線の先に気付いたようだ。もしアイザックの言った言葉が事実だとしたら、恐らくまだ終わりではない。

（防衛装置……それが、ただの比喩ならいいんだけど）

そう思った矢先に、ゴツ、と少々重すぎる音が背後から聞こえて、リネットは自身の心配が当たってしまったことを悟る。

ゆっくりとふり返ると、その人物が履いているのは軍靴ではなく、防具と呼ぶべき厳重な鎧装備だった。これなら重たい音もするだろう。

「……リネット、もう少し離れていてくれ」

アイザックの声に反応するように、ゴツ、ゴツと足音が〝重なって〟聞こえてくる。

決して足踏みをしているわけではない。足が二本以上あるから、重なるように聞こえてくるのだ。

「嘘でしょう？　こんなことが……」

「これは何というか、国民としては喜ぶべきところなんですかね？」

かすれた声をこぼしながら、レナルドとグレアムも腰に差していた剣を引き抜く。お仕着せの中に隠していたのか、ミーナまでもが短剣を構えた。

ゴツゴツゴツ、重たい足音が重なっていき――。

鮮やかな赤い髪に、思わず見惚れてしまう凛々しい容貌が、四人並んだ。

全く同じ顔のものが、四人だ。

ありえない光景に、脳が拒否反応を起こしそうになる。

「さすがにずるいだろう、それは」

どこか間抜けなアイザックの声を合図に、騎士王にそっくりな幻たちは、いっせいに襲いかかってきた。

「きゃあっ⁉」

丸腰のリネットは慌てて後ろに下がり、直後に剣戟の音が重なって響く。

それは、今までのような賊を相手にした音とは全く違う。剣に精通した者同士でなければ鳴らない、拮抗した戦いの調べだ。

「……くっ、う」

得物の長さで不利なミーナなどは、最初の一撃で押されてしまっている。受け流そうと刃を捻るものの、相手の力が強すぎて、押さえるのが精いっぱいな様子だ。あのままでは、短剣の刃が先に折れてしまう。

「ミーナ！　まずい、なんとかしなきゃ……」

自慢の視力で周囲を見回してみるものの、残りの三人もそれぞれ幻と刃を交えていて、とても助っ人に行ける状態には見えない。

唯一リネットだけが動けるのだが、刃物を持っている上に鎧を着込んだ男に挑むには、手段がなさすぎる。適当に突っ込んだら邪魔になるだけだ。

（どうしよう、何かないの……⁉）

弾き合う刃が、チカチカと壁の光を反射している。この壁一面の文字が読めたら、事態を好転させることもできそうだが、残念ながら見たことすらない羅列だ。

「いや待って、何かある……！」

部屋の一番奥に、一際眩しく輝いている光を見つけた。もしかしたら、アイザックが感じ取った魔導具かもしれない。

（あれをどうにかしたら、この幻たちも消えるかも！）

思いついたら即行動だ。

激しく打ち合う彼らを横目に、リネットは裾をたくし上げて原因のもとへと走り出す。

「リネット、止まれ！　左だ！」

「え、うわっ⁉」

二歩ほど踏み出したところで、アイザックに呼ばれて足を止める。直後には、左側から新たに二体のそっくりな幻が出現してきた。

「何体出てくるのよ、これ！」

幽霊もどきの時ですら、同じ顔が何体もあるのは不気味だったのに。はっきりとした実体が沢山出てくるなど、もう恐怖以外の何ものでもない。

「くっ！」

ふり抜かれた一撃を、とっさにかがんで避ける。

かすった髪がはらはらと散り落ちるのを見れば、彼らが物理的に干渉できると嫌でもわかってしまった。正体は幻だとしても、彼らの剣は当たるし斬れるのだ。

つまり、やられたら普通に死ぬ。

（いやいや、無理だって!?）

普通の貴族女性よりは動ける自信があるリネットでも、人間と命のやりとりをしたことはない。ましてや、この幻が外見通りの能力だとしたら、騎士王と称えられた人物である。

いくらリネットの動体視力が良くても、攻撃をかわし続けられる自信などあるわけがない。体力が尽きてしまうのが先だ。

（どうしよう、このままじゃ……）

剣を構えた男たちは、じりじりと距離を詰めてくる。おもちゃでも訓練用の模造剣でもない。正真正銘、刃のついた剣だ。

先ほどアイザックが放ったランプを拾って投げるという手もあるが、相手が二人いる時点でそれも難しい。

悩んでいる間にも、リネットもミーナもどんどん窮地へ追い込まれていく。

対策を決めあぐねていた――次の瞬間、二体の幻の騎士王が同時に体勢を崩した。

「えっ!?」

お腹の辺りから一直線に分断された彼らは、また溶けるように消えていく。その背後から現れるのは、紫眼に激しい怒りを浮かべたアイザックだった。

「アイザック様！」

「俺の妻に触るな」

彼らを斬り捨てた勢いのまま、リネットを守るように再び剣を構え直す。その形相(ぎょうそう)はもはや鬼のようで、味方だとわかっていてもすくみ上がってしまいそうだ。

それに、相手は自分の祖たる初代騎士王にそっくりだというのに、攻撃にも全く躊躇(ためら)いがない。敵が複数でも怯(ひる)まない彼の、なんと勇ましいことか。

(何度でも惚れ直しちゃうわ……でも今は、奥のあれを確かめないと！)

「アイザック様、あそこです。部屋の一番奥に、何か強く光っているものがあるんです。あれが魔導具かも……」

「……確かに、魔力を感じるな。援護すれば行けるか？」

「はい！」

リネット一人ではどうにもできないが、アイザックが守ってくれるのなら、とても頼もしい。小さく頷(うなず)き合うと、今度は二人で光に向かって一歩を踏み出す。

「ッ、また！」

すると、明らかに妨害するようにまた幻が現れる。

相手が構える前にアイザックが斬り捨てたが、正体は幻の剣士たちだ。倒したばかりだというのに、消えゆく一体の後ろからすでに同じ顔が現れ始めている。

「くそっ、キリがないな」

ガギン、と激しい音を響かせながら、視界の端で火花が散る。

アイザックだからこそ対処できているが、長引いたらこちらが明らかに不利だ。

現にミーナはだいぶ圧（お）されてしまっているし、一対一で打ち合っているレナルドやグレアムにも余裕があるようには見えない。

（強い人たちだけど、このままじゃ有効打にはならない。やっぱり、あの奥の光ってる物を確かめないと）

原因の確証はないが、アイザックが魔力を感じたのなら無関係ではないはずだ。

なんとか隙を見て進もうと窺っていると……ふいにアイザックが、剣をぐっと後ろへ構えた。

「アイザック様……？」

そのまま二秒、三秒と力を溜（た）めて――ぶんっと勢いよくふり抜く。

途端に起こった轟音（ごうおん）と凄（すさ）まじい突風が、幻たちを一気に何体も吹き飛ばしていった。

（衝撃波!?　嘘でしょ、人間がそんなことできるの!?）

人が起こせる風の域をはるかに超えているが、起こったのだからできるのだろう。受け止めた壁もミシミシと音を立てながら亀裂（きれつ）を刻んでいるが……好機には間違いない。

「今のうちに！」

リネットも再び裾を掴（つか）んで走り出す。

幻たちはさらに立ちはだかってくるが、リネットに届く前にアイザックが全て斬り捨てて、道を作ってくれる。

「あの人、マジでバケモノだな……」

なんて実兄の呟きが聞こえた気がしたが、怒るのは後だ。とにかく今は、さして広くもないこの部屋の端まで駆け抜けるのが先だ。

「あと少し……ああもう、また⁉」

大した距離はないのに妨害はなおも止まらず、赤髪の男が現れては〝再来の騎士王〟の刃に屠られていく。

反射光の軌跡を残して剣をふるうアイザックは、舞でも踊っているかのようだ。

(こうなったら……！)

両手で剣を構える幻に向かって、リネットは真正面から速度を落とさず駆け寄っていく。

「おい、リネット⁉」

「せええいッ‼」

そして彼が剣を胸の前で構えた瞬間、即座に腰を落として、彼の脚の間に滑り込んだ。

ザザッと布が擦れる嫌な音がしたが、リネットの体は彼よりも奥へと入り込んでいる。

「⁉」

「よしっ！　自分の脚の長さを恨んでよ！」

褒め言葉のような捨て台詞を残して、そのまま立ち上がる。

当然、空を切った剣が構えを直すのなど、待ってやるものか。

「届け！」

眩しく輝く光に、勢いよく手を伸ばして、掴む。

――それは、ガラス玉程度の大きさの小さな玉だった。

（とれた！）

確認するまでもなく手をふり上げて、リネットはそれを地面に叩きつける。

カシャン、と軽い音を立てた玉は、いくつかの破片になって飛び散っていった。

「あ……」

とっさに壊してしまった、と血の気が引いたものの、効果はすぐに現れた。

何体もいた幻たちが、全て溶けるように消えたのだ。分の悪い賭けだったが、リネットの予想は当たっていたらしい。

「あ、危なかった……」

脅威が消えた反動で、体から一気に力が抜けてしまう。相対していたレナルドたちも、深いため息をつきながら地面に膝をついた。

特にミーナは相当危なかったのだろう。ぺたんと座り込んだまま、半ば放心してしまっている。間に合って本当によかった。

「リネットは大丈夫か？　怪我は？」

「なんとか大丈夫です。今日は走りすぎなので、さすがに疲れましたけど」

唯一まだ余裕そうなアイザックの姿を見て、安堵と尊敬の感情がこみあげる。

幻が容姿以外も再現していたかどうかは知らないが、アイザックは戦っている間、初代騎士王を超えていたに違いない。

その彼の妻である自分は、もはや全てが誇らしい。

「それにしても、厄介な魔導具だったな。壊してくれて助かった。一体何だったんだ？」

「小さいガラス玉みたいな物でしたよ。粉々にしちゃいましたけど」

アイザックに説明するべく、リネットは手をついた最奥の壁に向き直る。

ガラス玉を壊したせいか、壁中の文字の光も消えたのだが――おかげで二人の視界には、他の場所にはないものが映ってしまった。

「ここ、切れ目が入ってる……。壁じゃなくて、もしかして扉？」

「……そのようだな」

二人で顔を見合わせてから、そっと押してみる。

意外にもひっかかることもなく、多少軋んだ音を立てて普通に開いた。……普通に扉だ。

「あれ、ここ……」

その先に広がるのは、リネットたちが通ってきた空洞によく似た空間だ。しかし、もう少しちゃんと道らしく地面を整えてあるように見える。

そして奥には、だいぶ古そうではあるものの、扉に繋（つな）がる階段が見えている。

「……もしかして、こっちが正規の入口だった、とか？」

床板をぶち抜き、縄はしごで下りて、さらに壁を壊して侵入してきた自分たちだが、どうやらそんなことをしなくても、きちんと地上に繋がっている経路があったらしい。

確認のためにグレアムが階段を上ってみると、置いてきた部下たちの声が聞こえたそうだ。恐らく、宝物庫前の石壁の辺りに繋がってる様子だ。

（そういえば幽霊もどきたちも、石壁の前で消えてたわね）

中途半端なところで消えるなと思っていたが、あれらはちゃんと正規の入口まで来てから消えていたようだ。つまり、わざわざ宝物庫に入らなくても、あの辺りを探れば入口を発見できたのだろう。

さらにグレアムが言うには、地上に繋がる部分にも押し上げる形の鉄扉がついており、床板を壊して強引に入口を作る必要もなかったとのことだ。

「じゃあ、今戦った幻は、本当に防衛装置だったってことですか？」

「恐らくは。正しい扉から入っていれば、発動しない魔導具だったのでしょう。殿下に反対側の壁を壊してもらって入った我々は、侵入者扱いをされたわけです」

「…………すまなかった」

先ほどまで勇ましく戦っていたアイザックが、どんどんしょんぼりしていく。

なまじ能力が高いせいで、地上から魔力で探れてしまった上に、本来道ではないところを壊して進んでしまったわけだ。困難を切り拓く力が高すぎたともいえる。

「いやはや、まさか殿下の能力が高すぎることを怒らなければならない日がくるとは思いませんでしたね」

「レ、レナルド様どうか穏便に。アイザック様も、悪気があってやったわけではないんですし。やる気があるからこその力業ですし」

「そのせいで、一歩間違えたら全滅してますからね？」

「うぐっ。それは否定できませんけど」

レナルドの鋭い指摘に、頭を下げたままになってしまったアイザックが、そろそろとリネットの背後に隠れるようにすり寄ってくる。

確かに、ほぼ完璧に対処できていたアイザックと違い、彼らは幻を一体退けるにも苦戦していた。差異はあれど、あの幻は初代騎士王の姿を借りても許される程度には、高い戦闘力を持っていたのだろう。

おまけに、あの幻は物理干渉が可能だったのだ。油断すれば大怪我、最悪死亡の可能性もあったと考えれば、レナルドが怒るのも無理はない。

「……まあ、会うことすら叶わない初代国王陛下と剣を交えられたのですから、いい経験だったと強引に思っておきます」

「レナルド、本当にすまない」

「これに懲りたら、できるからって力業で通すんじゃありませんよ？　さっきの衝撃波だって、一歩間違えたら崩落からの生き埋めですからね？」

幼子に諭すように話すレナルドに、アイザックは何度もこくこくと頷いている。こういう姿を見ると、彼らは幼馴染で、レナルドのほうが年上だと実感できる。

「それで？　殿下が感知した魔導具は一体どれだったのですか？　リネットさんが先ほどの壊したもので終わったので？」

「いや、あれは違う。幽霊もどきを発現させていた魔導具は、このさらに奥だ」

ほんの少しだけ元気を取り戻したアイザックに、周辺を調査していたグレアムと休んでいたミーナも合流してくる。

アイザックが示したのは、この不思議な部屋の反対側の奥だ。確かに、正規の入口よりも自分たちが強引に開けた入口のほうに近い。

「あれ？」

皆でそちらへ歩み出してすぐに、リネットの視界を光の粒が横切る。きらきらした細かい砂のようなそれは、入る前にも見かけた、地下鉱脈に吸収されているはずの魔素だ。

「アイザック様、またどこかから魔素が……」

「また見えたのか。もしまた魔素漏れが起こっているなら、対処しないとな」

リネットが目視できる魔素は、他国の空気中にあるものとはわけが違う。特別に濃くて、凶悪なものだ。魔術を使えないこのロッドフォードの地では、決して漏れ出てはいけないものでもある。

「兄さんとミーナは大丈夫？　具合が悪くなったりしてない？」

「今のところはな。けど、覚悟はしておいたほうがよさそうか」

肩をすくめて嘆息するグレアムに続いて、ミーナもゆっくりと深呼吸している。

魔術耐性の低い者が多い『梟』にとって、地下鉱脈の魔素はただの毒だ。もし何かが起きているのならば、彼らのためにも早急に対処しなければならない。

「急ぎましょう」

「ああ」

アイザックが差し出してくれた手をしっかりと握り返す。今度こそ、この幽霊騒動の真実を確かめる決意と共に。

＊　＊　＊

妨害さえなければ、部屋の奥に辿りつくのはすぐだった。相変わらず意味深な文字が刻まれた壁と、一角を区切るように立てつけられた簡素な仕切り。

「あったぞ」

そこに隠されていたのは、ぼろぼろの石台座に刺さっている、一本の剣だった。

どちらも経年劣化でだいぶ傷んでいるが、特に台座の消耗が酷く、触ったら崩れそうなほどにひび割れてしまっている。

「これが、今回の騒動を引き起こした魔導具だな」

「これがですか？　剣が？　それとも台座が？」

「両方だ。正確には、この二つがそろっていることで、何かを封じているように感じる」

そう言いながら、アイザックは剣の柄を静かに撫でる。見た目はごくごく普通の剣だ。リネットには、軍部からの支給品と差がわからないぐらいに普通である。

（もっとこう、祭具みたいなすごいのを想像してたな）

魔導具と言えば宝石を用いた装飾品がほとんどだったリネットからすると、身近にありふれたものを媒体にしていることはかなり意外だ。

優れた魔術師の手にかかれば、いかなる物でも特別にできる、ということかもしれない。

「……もう限界だな。それで幽霊もどきを飛ばしてきたのか？」

「アイザック様？」

彼の大きな手が柄をぐっと握る。

「ちょっと、殿下!?」

そのまま、驚く皆を無視して、彼は刺さっていた剣を引き抜いてしまった。

途端に、台座のほうの亀裂が端まで広がって、音を立てて崩れていく。

「こ、壊していいんですか？　これが封じているって言ったのに」

「もうほとんど意味がなかったからな。ほら、見てみろ」

彼の突然の行動に唖然としていると、周囲に転がった台座の破片が、あっという間に砂になって消えてしまった。

と同時に、剣の後ろの壁までもが、さらさらと崩れて消えていく。その先には、よく似た文字が刻まれた部屋が続いていた。

「まだ部屋があるなんて……」

「この先に、封じていたものがあるようだな。グレアムたちは、具合は大丈夫そうか？」

「今のところは。ここまで来たなら、最後まで付き合いますよ」

あえて強気な笑みを作って応えるグレアムに、アイザックも信じるように頷く。

彼らに確認をとったということは、やはり地下鉱脈のような魔素や魔術にかかわるものなのだろう。

「リネット、悪い。今は少しだけ離れていてくれ」

「わかりました」

〝魔術師殺し〟のリネットが触れられないのなら、もう確定だ。ただ、アイザックの態度が落ち着いているので、悪いものではなさそうだ。

「…………」

誘われるまま、皆もアイザックに続いて、慎重に進んでいく。

――いや。目指していたものは、もうすぐ目の前にあった。

「これは……」

青みを帯びた光の粒が、きらきらと揺蕩う巨大な石の柱。

周囲は、大人の男で囲んでも十人以上はかかりそうなほどに太い。ずいぶんと巨大だが、地下に行けばいくらでも見つかる燃料石の結晶である。

「これを封じていたんですか？　洞窟に沢山ありますよね？」

「その地下洞窟に誰も侵入しないように、というのが封印の理由だろうな。だが、俺たちが招かれた真の理由はこちらだ」

アイザックが柱に手をかざすと、そこを起点としてふわりと文字の羅列が浮かび上がる。

「これ、さっきの壁に彫られてた文字と同じですよね」

だが、よく見ると先ほどとは並び方が若干違う。

文章のように整列して並んでいたものが、今度は模様のようにいくつも絡み合いながら、不思議な並びになっている。

「あれでも、なんか変ですね。……欠けてる？」

「さすがだな」

リネットが指摘すると、アイザックは嬉しそうに笑った。

並びのあちこちに欠損が生じて、模様が狂っているのだ。もしこれが魔術的に意味を持つ文字なら、こんな歯抜け状態では失敗してしまうだろう。

もっとも、魔術がさっぱりのリネットにとっては、あくまで『模様が欠けているから見栄えが悪い』程度の感想しか浮かんでこない。

「私が見える者は力を貸して欲しい、だったか……。あの幽霊もどきは、魔術師を探していたんだろうな」

「わっ！　魔素が動いてる」

空気中に漏れ出ていた光の粒が、吸い込まれるようにアイザックの体に流れていく。

その流れのまま、今度は彼の指先から放出されると、石柱の欠けている模様を埋める文字へと変わっていく。

繰り返し、繰り返し。それはまるで、花々と蝶のように。光の粒はアイザックの周囲を軽やかに舞っては、輝きを残して吸い込まれていく。

「すごい、なんてきれい……」

「リネット様にはきっと、私たちとは違う景色が見えているのでしょうね」

呟いたミーナに、悪いとは思いつつもしっかりと頷いて返す。

目の前に広がる景色は、夢を見ているようにきれいだ。視力がいいことは唯一の自信だったが、今日ほど目の良さに感謝することもないだろう。

（流れ星が、部屋中を駆け巡って輝いてるみたい）

できるなら、皆にも見せてあげたい。本当に美しい光景だ。

「……ふう。これでいいな」

やがて、アイザックと踊っていた光の粒が、ゆっくり落ち着いていく。

そこに広がるのは、きっちりと文字で埋まった、円形の模様だった。

「これは、何ができあがったんですか？」

「魔術の術式だ。かなり古いものだが、魔力を流して修復するだけなら、解読できなくても俺にもわかる。設計図が手元になくても、木目を読んで板を張るぐらいならできるだろ？」

「あ、なるほど」

例えを聞く限りかなり大雑把な修復作業のようだが、アイザックのことなので、常人では到底できないようなことをしている可能性も高そうだ。

とにかく、幽霊もどきが呼びかけていたのは、これを直せる魔術師だったらしい。

「それで？　結局何なのですか、これ」

黙って眺めていたレナルドも、訝しげに模様を見つめている。

彼は適性こそあるが、魔術にいい印象を持っているとは聞いたことがない。

よりにもよって宝物庫の地下に魔導具があったとなれば、良い気分はしなくて当然だ。

「心配しなくても、これはロッドフォードに必要な魔術だ。だから俺も修復した。空気中の魔素を、燃料石のある地下洞窟へ誘導するための術式、と言えば伝わるか？」

「魔素を、誘導？」

アイザック以外の四人は、それぞれに目を瞬いてから、模様を見つめ直す。

燃料石の巨大な地下鉱脈は、この国から隣国ヘンシャルに続くほどに長いものだ。わざわざ誘導せずとも、あちこちに張り巡らされた鉱脈が勝手に魔素を吸い取りそうなものだが。

「……ああ、そういうことですか」

真っ先に気付いたらしいレナルドが、『得心がいった』と指を鳴らす。

リネットも含めた残り三人が無言で訊ねれば、彼は諭すように話し始めた。

「魔素とは本来、空気中に含まれているものです。その含有量は、地上も地下もだいたい同じぐらいでしょう。つまり、率先して地下へ流れていくようなことはないのですよ」

「え？　燃料石が、魔素を吸収しているんじゃないんですか？」

「あれはあくまで石だ。傍にある魔素を蓄えるだけで、生き物が餌をとるように吸い込みにいったりはしないぞ」

「あ、確かにそうですね！」

アイザックの補足も入り、リネットもようやく構造に気付く。

地上の空気には魔素がなく、その分が地下にたっぷりと凝縮されている。それは、『魔素が優先的に地下へ行く流れ』を作らなければ、起こりえないのだ。

(てっきり、燃料石が魔素を集めてると思ってたわ。そうよ、ただの石だものね)

燃料石を見つけた時には『これが理由だった』と大発見に浮かれたものだが、その流れを作る〝誰か〟の意思がなければ、今のような形にはならない。

「だとしたら、一体誰が……？」

ぽつりと落ちたミーナの問いに、アイザックは力強く微笑んでみせる。

そして次の瞬間、答えだと言わんばかりに、石柱の模様の中から一人の男性が姿を現した。

「人が⁉」

皆が見守る中、彼はゆっくりと色を取り戻していく。

高い身長と鍛えられた体つき。軍人らしい、質素な色合いのお堅い衣装とは対照的に、燃えるような鮮やかな色を放つ赤い髪。

そして、鋭くも美しい、金色の目。

(この数日で、何度も会った人。さっき襲ってきた幻も、彼の姿をしていた)

《……よく、来てくれた。遠い未来の……魔術師よ》

背筋に響くような低い声が、部屋の中に広がっていく。

《私は、騎士オースティン・ロッドフォード。まずは、詫びよう。……私は魔術師だ》

場が、シンと静まり返る。

後世の者たちが知らない若い姿も、その魔術を組んだ本人ならば、使えて当然だ。

量産式の幽霊もどきにすら同じ姿を使っていたことも、本人でもなければ、恐れ多くてそんなことできるわけがない。

「初代、国王陛下が……」

戸惑いとも、恐れとも判別しがたいレナルドの声が落ちる。

皆を導いた騎士王ロッドフォード本人は、魔術が使えないわけではなかったのだ。

むしろ、魔導具などという高難度技術すらも使いこなせる、腕利きの魔術師だった。

「だったら、どうして……？」

そう呟いたのは、ミーナだ。

魔導具を作れるほどの魔術師なら、ロッドフォードは母国でも仕事に困らなかっただろう。

なのに何故、騎士であることを選んだのか。魔術師として何不自由のない人生を生きるのではなく、虐げられた〝出来損ない〟の人々を導くことを選んだのか。

栄光が約束されていた人生を捨ててまで、この険しい山の土地に来たのか。

《…………》

（あ……）

ふっと柔らかく微笑んだ彼に、リネットはそっくりな最愛の人の姿を見つける。

アイザックもまた、同じように天才的な魔術の才能を有していながら、この国で騎士王の意思を継ごうとしている人だ。

魔女の誘いを跳ねのけ、ここが俺の国だと高らかに宣言していた。

「アイザック様は、どうしてですか？　魔術師として、世界中で活躍することもできるのに」

「どうして？　おかしなことを聞くな、リネット」

「いや、普通は才能を活かせるほうを選ぶかなーと思って……」

アイザックの場合は国王の一人息子という理由もあるだろうが、マテウスを始め他にも王位継承権を持っている者は一応いるのだ。

望めば、広い世界へ旅立つことができる。魔術が使える国のほうが多いのだから、それこそ引く手数多に違いない。

「普通、が何かは知らないけどな」

アイザックの大きな手のひらが、そっとリネットの頬に触れる。

「俺がそうしたいから、ここにいるだけだ。俺はこの魔術が使えない剣の国で、リネットと一緒に生きていきたい」

「……っ！」

躊躇いも、迷いもない、はっきりとした宣言に胸が熱くなる。

世間一般の『普通』ではなく、多くの人が求める高い評価でもなく、『そうしたいから』と己の人生を選んだ彼は、なんて格好いいのだろう。

そして、そんな彼に選んでもらえたリネットは、どれだけ幸せなのだろう。

（……初代の陛下も、アイザック様と同じ考えでここに国を興したのかしら）

彼は自分を高く評価してくれる魔術師たちではなく、過酷な環境で助け合って生きていかねばならない、力のない人々を選んだ。

それはきっと、魔術師たちから見れば、ひどく愚かな選択に見えたに違いない。もったいない、何をしているんだと非難されたはずだ。

――けれど今、ここには剣の王国ロッドフォードが、何百年も続いている。

普通ではない彼の選択が、リネットたちの未来に繋がっている。

（普通じゃないけど、間違いじゃなかった）

《……あり、がとう……世話をかける。けれどどうか、この国を……繋いで、欲しい。たとえ魔術が使えなくとも……この地を……》

「あ……」

騎士王の幻は途切れ途切れにそう伝えると、かすかな輝きを残して消えてしまった。

なんとも呆気ない別れに、寂しいような切ないような気持ちが残る。

「もしかして初代の陛下は、この山の地下に燃料石の鉱脈があることを知っていて、国を興したのでしょうか？」

「順番がどっちだったのかは、俺にもわからないな。だが、この魔術式と地下洞窟があって初めて、魔術が使えない土地が完成する。ここを作るのも、凄腕の魔術師なら一人で充分だ。全部を準備した後で、魔素を吸収させ始めればいいからな」

だが、魔術というものは永久に展開し続けられるわけではないのだろう。

実際に、アイザックが以前リネットに贈ってくれた守護の魔術のこもったネックレスも、何度も使ったら中身がなくなってしまっていた。

だから騎士王は、魔導具を作って後世に託した。

普段はこの一室を封じている魔導具に、必要になったら自分の姿をした幽霊もどきを発生させるように仕込んでいたのだ。

いつか欠けてしまう術式を直せる者が、きっと生まれていると信じて。

(強引で、とんでもなく手間のかかる国ね)

けれど、そうして興ったこの国が、なんだかとても愛おしい。

「……と言いますか、初代騎士王ってまんまアイザック殿下じゃないですか」

しんみりとした空気を破ったのは、グレアムの弾んだ声だった。ピッとアイザックを指さして、嬉しそうに指摘していく。

「剣士としても名が知れていて、凄腕の魔術師で、あと『梟』たるオレがお仕えしてます」

「ああ、全くもってその通りだな。再来の騎士王とはよく言ったものだ」

「これで嫁がもう少しちゃんとした淑女だったら、完璧でしたね」

「ちょっと、どういうことよ兄さん！」

冷えていた空間に、皆の笑い声が響く。

だしにされたのは癪だが、場を和ませる意図があったのなら、グレアムの発言も許しておこう。リネットが淑女ではないことも、悲しいかな事実だ。

「義兄上、俺の妻はこれで完璧だから問題ない。俺はリネット以外を妻に考えたことなど、一度もないからな」

「アイザック様……！」

「いや、別に惚気ろとは言ってないんですけど？」

もちろん、アイザックがリネットを大事にしてくれることを知っているので、周囲からの揶揄などどうでもいいのも事実だ。

初代騎士王の妻がどのような人物だったのかは知らないが、再来の騎士王の妻として、想いの強さは過去の人に負けるつもりはない。

……でもきっと、彼らもリネットとアイザックのように、普通ではない夫婦だったような気がしている。それならそれで、素敵な繋がりではないか。

「とにかく、これで幽霊騒動は一件落着ですね。怖がっていた子たちも沢山いたので、ほっとしました」

「そうだな。初代も、もう少しやり方を考えて欲しいものだ。緊張感を煽（あお）るにはいいが、民を脅（おど）かしては意味がないだろうに」

「あはは……」

呆れたように息をついて、アイザックは持ったままだった古ぼけた剣を顔の前まで掲（かか）げる。

魔導具ならまた戻さなければならないが、この剣が刺さっていた土台は壊れてしまったので、新しい媒体が必要だろう。

「必要なものは魔術王子にでも頼めばそろうだろう。先日会った弟のほうでもいいしな。今日のところは、普通に封じておくか」

「その剣はどうするんですか？　見たところかなり傷んでいますし、もう使えないですよね」

「まあ、そうだな」

リネット以外は皆戦いに通じているので、剣として使えなくなってしまっていることは一目でわかるだろう。

かといって、何百年もこの部屋を守り続けてきた魔導具を処分してしまうのは、もったいない気もする。

「剣としては使えないが、幸いにも『宝物庫』の地下から見つかったものだからな」

「アイザック様？」

彼はもう一度古い剣を握り直してから、にやりと口端を吊り上げる。

悪戯をしかける子どものような、どこか幼い笑い方だ。

「――これ、〝聖剣〟にでもしてしまおうか」

＊　＊　＊

幽霊騒動が解決してから数日が経った。

結局あの騒動は、被害が王城内で済んだことも幸いして、すでに人々の口にも上がらなくなっている。

原因は詳しくは知らされなかったものの、古い魔導具が宝物庫に紛れ込んでいて、それの暴走だった……ような感じで伝えられている。

魔術や魔導具に詳しくないロッドフォードの皆は、よくわからないけど無事に解決したならいいという結論に至ったようだ。

目撃者たちの精神が参る以外の被害がでなかったので、妥当とも言えるだろう。彼らには休んでもらい、心が落ち着いたら復帰してもらう手筈だ。

それよりも最近噂に上っているのが、新たに発見された騎士王ロッドフォードの剣の話のほうだ。

この国は始まり方が普通とは違うので、初代に対する親愛は今も根強くあり、国民のほとんどが憧れを持っている。アイザックが〝騎士王の再来〟と褒めそやされることからも、その人気は絶大である。

そんな彼の剣が見つかったとなれば、気にしないはずがない。

……実際の騎士王は、記録で語られている以上に、この国の人々のことを思っていたのだが、それはきっと表に出さなくてもいい真実だ。

国を守った証ともいえる〝聖剣〟――実在するそれがあるだけで、彼への感謝の想いは、これからもずっと続いていくことだろう。

「そういうことで、聖剣のお披露目の場を設けることになった」

「え」

温かい空気が満ちるアイザックの執務室の中。ようやく落ち着いたその部屋に呼ばれたと思えば、伝えられるのは新しい催事の予定だった。

「陛下と相談したのだが、この機会に宝物庫に納めてある思い出の品を、国民たちにも見てもらおうということになってな」

確かに、宝物庫は王城内でも外れにひっそりと建てられており、なかなか立ち入ることもできない場所だ。

盗まれたら困る本物の国宝などは仕方ないが、思い出の品々がほとんど日の目を見ることなく眠っているのは、やはりもったいない。

そこで、今回見つかった剣も含めて、一部の品を王都に新設する博物館に展示しようという話になったそうだ。

もちろん、館そのものをこれから建てるので、まだしばらく先の話にはなるが。ずっとしまっておくよりは有意義だと、リネットも思う。

そんなわけで、告知と、先に剣をお披露目する夜会を開こうという話らしい。

「剣の他にも、見せて大丈夫そうな品は、こちらで展示しようと思っている」

「素敵ですね！　きっと皆さん喜びます」

先に宝物庫で見ているリネットとしては、絶対に勧められる内容だ。できれば、あのどこか懐かしいような温かな空間を、国中の皆にも体験して欲しい。

「それで、リネットにも参加してもらいたいのだが、大丈夫か？」

「参加はもちろん大丈夫ですが……」

ここでリネットは、少し止まる。

今回の剣をアイザックが発見したということは、すでに知れ渡っている。

だとしたら、その妻であるリネットが動いても、おかしくはないはずだ。

「アイザック様、もし今からでも間に合うなら……その催し、私も主催側に加えていただけませんか？」

リネットの提案に、アイザックはきょとんと目を瞬く。

自ら困難な仕事、それもリネットが苦手としている内容に加わろうというのだから、驚くのは当然だろう。

「俺はもちろん構わないが、大丈夫なのか？　正直な話、お茶会とは規模が全く違うぞ」

「本音を言うなら、参加するだけでも緊張するんですけど。でも、ちゃんとした王太子妃になるって宣言しましたから。騒動が落ち着いた以上、私なりにできることには挑戦していきたいんです」

それに、アイザックがあの夜に教えてくれたことが、今も胸に残っている。

王妃は評価が欲しくて園遊会を開いたわけではない。疲れているアイザックたちに、少しでも穏やかにすごしてもらうために。そして、参加者たちにも楽しんでもらうために。そういう思いであの会を催したと教えてくれた。

その心は、以前に公爵夫人から教わった、おもてなしの心遣い……そして、アイザックが教えてくれた作法の理由と同じだ。

（一緒にすごせる時間を大切にしたいと示すこと。しっかりするとか、ちゃんとするとかはピ

ンとこないけど……アイザック様が私に教えてくれた心は、私にもわかるわ）

そして、アイザックはあの日、もう一つ伝えてくれた。リネットは決して、王妃に劣る女性ではないのだと。

劣等感を覚える必要はない。リネットはできると、最愛の人が言ってくれたのだ。

ならば、応えてみたい。王妃の催事に負けないぐらい、居心地がよくて素敵な催事を、リネットが作ってみたい。

（今回展示する剣は、騎士王ロッドフォードの心遣いそのものだもの。再来の騎士王の妻である私が皆に伝えるには、この上ない品だわ）

誰にも知られることなく存在し、皆と生きるためにこの国を支え続けてきた魔導具。

……正直なところ、幽霊もどきには煩わされたし、うっかり戦った時には恐ろしかったが、それでも彼の心はリネットにだって伝わっている。

何より、普通ではない彼の生き様を伝える役割は、同じように普通ではない自分たちが担うのが最適だと思うのだ。

利も評価も欲しなかった、彼の心のままの在り方を伝える役割は。

「どうか、やらせていただけませんか」

アイザックの紫水晶のような目をじっと見つめる。

リネットを案ずるように揺れていた視線は、やがてふっと幸せそうな微笑に変わった。

「俺もできる限り協力する。皆に楽しんでもらえる会にしよう」

「……はい！」

彼の大きな手のひらを両手で握って、リネットも精一杯の笑顔を返す。

王太子妃としての確かな一歩に、リネットの心は不安よりも喜びに満ちていた。

＊＊＊

そして、リネットにはもう一つ、騒動が解決したら決めたいことがあった。

「いかがですか、リネット様」

「完璧よ。さすがね！」

姿見越しに目の合った彼女に、ぱちっと片目を閉じて応える。

優しげなハシバミ色の瞳は、鏡面に映る装いだけはちゃんとした王太子妃に、どこか寂しそうに微笑みかけた。

「……そろそろ、私がリネット様の支度をさせていただくのも終わりですね」

一歩下がって道具を片付けるミーナからは、相変わらずほとんど音がしない。

それは彼女が侍女ではなく、『梟』と名乗る諜報員こそが本職だからだ。

「…………」

グレアムが彼女をつけてくれたのは、幽霊騒動によって侍女が減るかもしれないからという理由だった。

事実、幽霊もどきのせいで心を弱らせてしまった侍女たちは、多くが休職している。騒動が終わった今、少しずつ人が戻ってきてはいるものの、幽霊を見た職場へ戻りたいと思う者は半々といったところだ。

人手不足とまでは言わないが、足りているとは言いがたい。ただ、騒動を体験しても残っていた侍女たちは、今後も信用できると思っている。

「候補が減ってしまったのは残念ですが、今いる侍女たちならば専属に選んでも大丈夫でしょう。それに、リネット様を慕っている者が多いことも教えていただけましたし」

騒動中にカティアが招いてくれた簡易お茶会のおかげで、ミーナはリネットを慕う城勤めたちを確認している。

中には、もちろん侍女職についている者もいた。

リネット自身も知らなかったのだが、〝不安な時に元気をくれる人〟とまで慕ってくれた彼女たちならば、きっとリネットを裏切ることなく、専属として勤めてくれるだろう。

むしろ、指名したら泣いて喜ぶかもしれない。

「情報が必要ならば、いつでもお聞き下さいませ。私は『梟』です。魔術に関するものはダメですが、闇に隠れて情報を集めることは得意ですから」

ふふ、と得意げに胸を張り、ミーナは姿見に映るリネットに笑いかける。

……その鏡面の隙間に、リネットはすっと手を伸ばした。

「リネット様？」

鏡と装飾の間のわずかな隙間に隠していたものを取り出して、鏡に映す。

……それは園遊会の翌日、ジルに渡そうと用意したままお蔵入りになっていた、待遇詳細の記された書類だった。

「ミーナ、私、専属侍女は貴女がいいわ！」

「いや、何言ってるんですか」

主人相手に間髪入れずにツッコミを入れる辺りが、また好感触だ。

にんまりと満面の笑みを浮かべるリネットに、ミーナの頬がわずかに引きつった。

「リネット様、最初にもお伝えしましたが、私は『梟』です。諜報部隊なんですよ。ちゃんとした王太子妃になるのでしたら、ちゃんとした侍女をつけて下さいませ」

「私もそう思ってたんだけどね。〝ちゃんとした〟って何かなと思って」

「……はい？」

リネットの言い分が想定外だったのか、彼女は素に近い表情でぱちぱちと瞬く。

リネットとしても、これは本当につい最近、考え方を変えた部分なのだ。

「私はお掃除女中だったし、淑女のしの字もないような生活をしてきたから、ちゃんとした普通を目指さないといけないと思ってたのよ」

「まあ、そうですね」

「でもね、冷静に考えたら、私が普通にちゃんとできる部分は最初から一つもなかったのよね」

あっさりと伝えるリネットに、いよいよミーナの眉間に深い皺が入る。

――全ては始まりから、『にわか令嬢』がアイザックに雇われたところから、普通ではなかったのだ。

類稀な魔術の才を持つ剣の王太子と、魔術師殺しの体質を持つ雇われ婚約者。

そのリネットの実家は、初代国王を支えた『梟』だったし、そもそもその初代国王も魔術師だった。

リネットの人生にまつわる全てに、一般的、平均的と呼べる『普通』は何一つ存在せず。それでもこうして今、王太子妃に選ばれてここに立っている。

「……だとしたら、私にとって『ちゃんとした』ものは、私の基準で心を尽くせるものだと思ったのよ。そりゃあ、ある程度の基準は守らなければならないとは思うけど、不特定多数が決める『ちゃんと』は、もう守らなくてもいいなと思って」

そう考えた時、諜報部隊の一員が専属侍女になってくれるのは、リネットの基準で〝ちゃんとした選択〟だと思えたのだ。

ミーナを専属侍女に迎えられたら、リネットはそれを誇れると思った。

「なので、よかったら私の専属侍女になってもらえないかしら？」

「………………」

心から作った笑顔で問いかければ、ミーナの口からは深いため息がこぼれる。

ただ、嫌悪というよりは呆れに近い音に聞こえた。

「リネット様、この際なのでばらしてしまいますが、私の侍女の技術は全て独学なんです。趣味の延長であって、一度も正しい場所で習っていないのですよ。貴女はそんなあいまいなものを、王太子妃の支度として認めるのですか？」

「認めるわよ。独学の何がいけないの？」

「国民の憧れの地位に立つ方が、正しくない方法を使っていたらダメでしょう」

「そもそも、正しい方法って何かしら？」

率直に訊ねれば、ミーナはうっと言葉を詰まらせた。

だいたい、今正しいと呼ばれる方法の全ては、誰かが考えたものの真似から始まっている。

それが効率的で便利だから広まっただけであって、それ以外が〝間違い〟だとは誰も言っていない。ただ、皆がそのやり方しかしなくなっただけの話なのだ。

「ミーナのやり方は独学で、他の侍女たちと違うかもしれない。だけど私は、貴女の着付け方が好きだし、とても動きやすいと思ったわ。貴女が淑女として育てられた人々と同じ方法ではなく、私のことを考えて、私のために着付けてくれたから」

「……そりゃあ考えますよ。一般的な淑女は、殿方の脚の間を滑り込んだりしませんし」

そこまで口にしてから、ミーナははっとしたように目を見開いた。

自分で言って、気付いてしまったのだろう。正しい方法と呼ばれる着付けで支度をした場合、リネットの行動についていけないと。

「…………そういうことですか」

「そういうことなのよ。ちなみに、私は平均的にちゃんとした王太子妃はもう目指さないわ。私なりに考えて、心を尽くしていきたいから。私なりにちゃんとして、普通じゃないけれど、立派な王太子妃を目指すつもりよ」

「あー……」

お仕着せ姿の諜報員は、低い呻き(うめ)を漏らしながら天井を仰ぎ見る。

やがて諦め(あきら)たように数度首をふってから、姿見越しにリネットを見つめてきた。

「……私より適任の者が見つかるまで。それでよろしければ、貴女の専属になりましょう」

「ありがとうミーナ！　末永くお願いします！」

「私はあくまで『梟』ですからね。侍女は侍女から見つけて下さい。貴女に寄り添ってくれる方を」

ミーナは淑女の姿勢をとってから、続けて軍人の礼をリネットに向ける。自分は普通の侍女ではないことを、改めてリネットに覚えさせるように。

「でも、間に合ってよかったわ。実はね、聖剣をお披露目するための夜会を私も手伝わせてもらうことになったから、支えてくれる専属侍女が不可欠だったのよ」

「…………ん？」

生き生きとしたリネットの声に、新しい仲間の疑問符が重なる。

――さあ、次に向けた慌ただしい日々は、始まったばかりだ。

終章　再来の騎士王とにわか令嬢の未来へ向けて

幽霊騒動から半月ほど経(た)った月の美しい夜。

その日、王城に招かれた人々の顔には、溢(あふ)れんばかりの期待と興奮が浮かんでいた。

何せ、今日の夜会は普段とは一味違う。出会いでも情報交換の場でもない。今夜彼らが誘われたのは、敬愛する過去の国王たちとの邂逅(かいこう)の夜会なのだ。

何百年も前の初代騎士王の剣と、彼ら歴代の国王たちにまつわる思い出の品々。この国で暮らす人々にとって、それらはどんな宝石よりも価値がある。

普段は蹴落(けお)とし合っている貴族たちとて、心の根は皆同じ。この国で生きる者は皆、騎士王に救われた民の末裔(まつえい)なのだから。

「ようこそお越し下さいました」

そわそわと落ち着かない様子で会場入りする客人を出迎えるのは、まだ少女と呼ぶべき年齢の女性……再来の騎士王の妻となった、新しい王太子妃だ。

貴族女性たちの間では、彼女は普通ではないという話がまことしやかに囁(ささや)かれてはいるものの、客人たちに向ける笑顔は温かく、心から歓迎してくれていることが伝わってくる。

普段は口を変形しただけの愛想笑いに囲まれている貴族たちにとって、これはとても嬉しい対応だ。

まとっているドレスも決して華美ではないものの、落ち着いた赤色と淡い紫色が、彼女の夫であるアイザックを彷彿とさせる。

また、胸元から裾まで続く薔薇の刺繍の中には、ロッドフォードの国章が刻まれている。

己の美しさを魅せることよりも、王太子妃としての立場を大事にしたドレスということだ。

正しく、今夜の場には相応しい。

彼女たちに挨拶を終えて、目的の展示のほうへ向かえば、そこもまた驚きの方法で展示がなされていた。

「なんと……騎士王陛下の剣を、こんなに近くで拝見できるなんて！」

そう、展示品は貴族たちが予想していたよりもはるかに近い場所で拝観することが可能だったのだ。

通常であれば、ガラスの容器に納めた上で縄を張り、さらに厳重な警備の視線にさらされながら一目眺められる程度のものだろう。

だというのに、今夜の目玉である〝聖剣〟は、何にも遮られることなく展示されているのだ。

当然、触れることはできないし離れたところに警備の者もついているが、そんなものはほとんど気にならないほど間近で見ることができる。

拝観者の中には、感極まって泣く者も出てくるほどだ。

また、他の展示品たちも一つ一つの距離を広くとって飾っているため、人が分散してより見やすくなっている。

夜会などでは人が集まっているように見せるために、あえて狭い会場を使用したりすることもあるのだが、全くそんなことはない。

むしろ、今夜の会場はスカスカして見えるほどだ。だがおかげで、人にぶつかることもなく、円滑（えんかつ）に動くことができている。

もちろん、会場のいたるところに飲み物や立食用のテーブル、また歓談用の席が豊富に用意されているため、通常の夜会としての機能も兼ね備えている。

こんなに穏やかな気持ちで夜会に参加できるのは、どれだけぶりだろう。同行者と和（なご）やかに語り合いながら、夜はゆるゆると更（ふ）けていく。

地位を高めることにばかり気を配り、他者を蹴落とそうと日々走り回ってきたが、自分たちにはこうした時間も必要だったのかもしれない。

「…………」

皆の視線の中央にある、無骨な傷だらけの剣。優雅さの欠片（かけら）もなく、剣を飾るための深紅（しんく）の土台のほうが豪華なほどだ。けれどこの剣が、この国の始まりだった。

貴族としての在り方を恥じるつもりはない。

それでも今は、この剣のもとに集ったことに、皆で感謝をしたい。

そう語り合う客人たちが掲げるグラスは音色を奏で続け、夜会が終わる最後の一時まで、途切れることはなかった。

＊　＊　＊

「無事に終わりましたね！」

「ああ、そうだな」

時刻はとっくに日付を跨いだ深夜も深夜。やっと全ての客人を見送り終わったアイザックとリネットは、夜会会場の一番端のバルコニーで遅すぎる反省会を始めている。

思い返せば、嵐のような半月だった。

やると言ってしまった手前、引くつもりは毛頭なかったものの、夜会の主催はリネットが考えている以上に、とにかくやることが多かったのだ。

招待客の選定と招待状を書く一番最初の段階から問題だらけで、少しでも間違えようものなら、王妃と補佐のカティアから容赦なく注意が飛んだものだ。

しかも、彼女たちは笑顔のままで指摘をしてくるから恐ろしい。いっそ怒鳴ってくれたほうがどれほど楽だと思ったことか。

それでも、妥協はしたくなかったリネットは、会場の展示方法についても皆で何度も相談しあった。

実際に配置をしてからも、何周も歩いて確かめた。おかげで足がぱんぱんになったが、こうして終えてみれば、その努力は無駄ではなかったと胸を張って言える。

新米王太子妃にだって、できるやり方はあるのだ。

そんなリネットを傍で支えてくれたミーナには、心から感謝を送りたい。

これからきっとこういう機会が増えていくのだろうが、今夜見かけた人々の笑顔をリネットは一生忘れたくないと思う。

「今夜はお休みですが、明日の早朝から片付けだと思うと、憂鬱ですね……」

「リネットは無理せずに寝ていてくれてもいいんだぞ？」

「そうはいきませんよ。それに、今回お願いした専門の方に、また相談したいこともありますし……」

あれもこれもと考えていれば、時間はいくらあっても足りない。

つくづく、自分は勤労に慣れた貧乏令嬢でよかったと思う。体の丈夫さなら、貴族のご令嬢には絶対に負けないのだから。

「リネット」

「は……んぅ」

はい、と答えようとした声が、彼の口の中に飲まれていく。

触れ合った唇は熱くて、何度口付けてもその度に新鮮で心地よい。

「……どうしたんですか、アイザック様」

「いや、お前が俺の妻でよかったと思ったら、ちょっとたまらなくなって」

「ふふ、それは私もですよ」

顔を寄せ合って、頬や瞼に口付けながら、また何度もお互いの吐息を交わす。

アイザックを好きになれたこと。結ばれたこと。今こうして隣にいられること。

奇跡の積み重ねが、自分たちの幸福を築き上げた。

きっとこれからも、離れるつもりは絶対にない。

「私、今夜の会を見ていて、思ったんですよ。きっと百年ぐらい先の未来では、アイザック様があやって、皆から敬愛される騎士王になってるんだろうなって」

「さすがに初代の人気には及ばないぞ。彼があってのロッドフォードだ」

「でも、貴方だって色んなものを変えたじゃないですか」

左右の隣国、マクファーレンとヘンシャルとの関係も。決して縁が結ばれるはずがなかった魔術大国エルヴェシウスとの交流も。

何より、騎士王は地下に隠して封じることしかしなかった燃料石を、アイザックは日の当たる場所へ出して、この国のための資源にした。

それは、かつての騎士王の意思を、よりよい方向へ継いだといえるだろう。

「術式を直したのもアイザック様ですしね。これからどんどん、貴方の伝説が増えていくんですよ。まあ、今でもあちこちにありますが」

少し動くだけで常識を壊す男だ。きっとこれからもアイザックは、各地で多くの伝説を残していくだろう。

そして遠い未来では、新設される博物館にアイザック専用の展示場所が設けられるに違いない。……その時には、どんな時も隣にいたちょっとだけ変な妻として、リネットの名も残ったら嬉しいことだ。

「これから初代の陛下に負けないぐらい、沢山沢山思い出を作りましょう」

「まったく、すっかり立派な王太子妃になったな」

こつんと額をくっつけあって、また触れるだけの口付けを交わす。

春でもロッドフォードの夜は肌寒い。

それはきっと、愛する二人がこうして熱を分け合うためだ。

「アイザックさ――――まっ!?」

うっとりするような心地よさに目を閉じようとした直後、リネットの視界にあってはならないものが飛び込んできた。

「な、なんだ？　どうした」

思わず固まってしまったリネットの視線を辿って、アイザックもふり返る。

そこにいたのは、白っぽい人の影。

アイザックと同じぐらいの長身の男性が、煙のようにゆらゆらと揺れていたのだ。

「馬鹿な、幽霊もどきが何故また？　あの魔導具はもうないのに」

第一、アイザックは今リネットに触れている。〝魔術師殺し〟に触れているのだから、幽霊もどきは彼には見えないはずなのだ。……それに。

「アイザック様……もどきじゃ、ないです」

リネットの目には、はっきりと映っている。

その影には立派な髭があって、顔に皺も多く、明らかに老いた姿をしているのだ。

そう、公式に残っている彼の、晩年の肖像画と同じように。

《これからも、よろしく頼むぞ》

鋭い目を細めた影……初代騎士王ロッドフォードは、一言だけ残して風に消えていった。

後に残るのは、ただただ静かな夜の空だけだ。

「初代国王陛下に、応援されちゃいましたね……」

「ああ。これはもう、幸せになるしかないだろう」

ぎこちない動きで顔を見合わせた二人は、しばらく互いの間抜けな表情を見つめ合う。

ああ、幽霊って本当にいるんだなあなんて、呆けた感想をこぼしながら。

やがてどちらからともなく笑い合って、また口付ける。

それは、春の花が咲き誇る季節。

多くのものが芽吹いて育っていく、穏やかな夜だった。

にわか令嬢は王太子殿下の雇われ婚約者8

番外編

Niwaka Rady is employed as the Prince's fiance. 8th. Extra.

番外編　普通じゃない二人を支える普通じゃない人々

「いよいよ明日が本番ですね！」

日が沈み、月が昇ってしばらく経つロッドフォード王城。

その敷地内でも特に広く、荘厳な造りを誇る大ホールにリネットの弾んだ声が響く。

その手をエスコートしているのは、最愛の夫であるアイザックだ。

「半月か……長いようで短い準備期間だったな」

「私としては、もう飛ぶようにすぎていった時間でしたよ……」

へなりと肩を下げれば、アイザックの小さな笑い声が聞こえる。

自分で立候補したとはいえ、夜会の主催としての準備は、リネットの想像をはるかに上回る大変な仕事だった。

特にリネットは、貴族社会にまつわるアレコレを学んでいる最中ということもあり、今回の準備で初めて聞くことも盛り沢山だ。

おかげで、全ての準備を終えた時には、メモ書きの量が山のようになっていた。

「でも、やっぱりやってみて本当によかったです。今後のためにも勉強になりました」

「それならよかった」

笑い合いながら、一歩一歩進んでいく。

実は今、明日の夜会に向けての最終確認中なのだ。実際にリネットは盛装した上でアイザックにエスコートしてもらい、招待客たちが歩く道順を体験している。

靴のかかとが高い女性客を優先して考えた順路ということもあり、今のところは順調に歩めていた。

「そうです、アイザック様！　準備中のミーナが本当に頼りになったんですよ！」

「ミーナというと、お前の専属侍女か」

「はい！　ちょっと強引にでも口説き落として大正解でした」

リネットがうきうきと語ると、アイザックも続きを促(うなが)すように耳を傾(かたむ)けてくれる。

本職が諜報(ちょうほう)部隊『梟(ふくろう)』である彼女は、準備期間の最初から本当に大活躍だった。

準備も最初期の頃、招待状を書く段階から、リネットの受難は始まっている。

「え!?　封筒も便箋(びんせん)も専用のものがあるんですか!?」

「ええ、そうよ」

主催の大先輩である義母・王妃と、彼女付きの女官カティアに見守られながら始めた招待状作りは、書く前から初耳なことが本当に多かった。

(封蝋に押す印が専用なのは知っていたけど、封筒や便箋まで特注のものだなんて)

てっきり、質の良いものなら何でもいけると思っていたが、王族の触るものは全てが特別であるのだと改めて痛感する。

……同時に、貴重なそれらの書き損じは、絶対に許されないということも。

「い、いくらするんだろう、この紙……」

実際にカティアが渡してくれた専用便箋は、肌触りから全く違い、絹のようにしっとりとしていた。文言は王妃と相談して見本を作ってあるが、緊張のあまりペン先が震えるだろうことが容易に想像できる。

「大丈夫よリネットさん。数をこなせばすぐに慣れるわ」

そう言って王妃が差し出した宛先名簿にも、思わず悲鳴が出そうになる。王家主催かつ初代騎士王の剣を展示する特別な夜会ということで、その数はとんでもないことになっていた。

(いや、ここでめげてはダメよ。園遊会だって、これぐらい沢山の方をお招きしていたわ。この大変な作業を、前回は王妃様にしていただいていたのだもの)

なんの手伝いもできなかったのだから、今回はリネットも頑張りたい。気合いを入れてペンを握ったところで……力を貸してくれたのがミーナだった。

「お待ち下さいリネット様。こちらの奥様は出産をされたばかりです。夜会にお招きするのは、難しいかと」

「わっ!?　そ、そうなの？」

　音もなく傍に現れたお仕着せ姿のミーナは、リネットが凝視する名簿の先頭の名前にトンと指先を載せて示した。これには王妃もカティアも素直に驚いている。

「でも、予定よりもだいぶ早いわ……」

「はい、早産だったようですね。お子様もやや小さいままでのお生まれでしたが、今のところ母子ともにご無事とのことです」

　王妃よりも早い情報網に、さすがだと皆感心している。ちなみにこの場合は、招待状を出さないのではなく『事情は把握しているから、休んでも大丈夫だ』とこちらから気遣いの言葉を送ってあげるのが正解とのことだ。

「なるほど、参加しない方にも招待状は送るのね」

「王家から報せが来ないことのほうが問題ですから。文言はお祝いと気遣いのものに変えて差し上げて下さいませ。あと、こちらの方もお招きできないですね。先日、お父上が亡くなったばかりで、まだ喪に服しておられます」

　リネットが未だ困惑する中、ミーナは淡々と招待客の事情を述べていく。五件目辺りに差しかかると、リネットの便箋に対する緊張もすっかり薄れ、内容や送り先を確認するほうに意識が傾いていた。

「……何というか、さすが『梟』だな。部下たちもそんな感じか」

「みたいですね。おかげ様で、気負わずに文章を書くことができましたよ。情報が多すぎて、それどころじゃなくなってしまって」

普段グレアムを仕えさせているアイザックも、かなり驚いた様子だ。

ちなみに、王妃たちはこうした細かい情報は担当者を決めて確認し合っているのだそうだ。一人で全てを把握しているミーナを『規格外』だと驚く反面、今後もぜひ協力して欲しいと絶賛していた。

「情報自体はありがたいが、母上は少し残念だったかもしれないな」

「え？　ど、どうしてですか？」

「いや、確証があるわけじゃないが……あの人は、初々しいリネットに自分が色々と教えるのを、楽しみにしているようなところがあったから」

苦笑を浮かべて『内緒だぞ』と囁くアイザックに、リネットもなんとなく思い当たる。

その後の準備で困った時に、王妃もカティアも容赦なくダメ出しをしてくれたのだが、その時の顔が二人とも笑っていたのだ。

(表情を崩さないで怒っているのかと思ったけど、もしかしてあれは、ちょっと楽しんでいたのかしら……？)

もしそうだとしたら、嬉しいような困るような、複雑な気持ちだ。まあ、リネットとしてはまだまだ二人に教わりたいことが山ほどあるので、嫌われていないだけで充分である。

「しかし、そんな情報通を一人目の専属侍女にしてしまったら、二人目以降の選考基準が大変なことになりそうだな」

「そんな、私もミーナや『梟』が規格外なことは承知していますし、お世話を頼む侍女にそれ以外の技能は求めませんよ。それに、今回の準備期間で、ちゃんと他の侍女たちとも交流をしてきました！」

リネットが少し得意げに返すと、アイザックはまた微笑ましそうに続きを聞いてくれる。

さすがに他の侍女たちに貴族の情報をもらうことはできないが、彼女たちには彼女たち特有の話題というものがある。

何より、先の幽霊騒動で『リネットがいてくれるだけで元気になる』とまで言ってくれた侍女もいるのだ。彼女たちの意見も、リネットはぜひ夜会に取り入れたかった。

「実は、今回の夜会でお出しする食べ物や飲み物の選定に協力してもらったんです」

そう、リネットが意見をもらったのは、立食テーブルに並べる料理の品目だ。

城に勤めている女性の年齢層は幅広いが、侍女を務める者たちは比較的若い娘が多い。

そんな彼女たちのお腹の具合や、どんな味付けのものを好むのか。それは、食事にこだわりたいリネットにはとてもいい勉強になった。

「食事の選定って……いいのか？　料理に関してなら、お前もこだわりたいだろう」

「だからこそですよ。私の意見を第一にしたら、お肉まみれになりそうですし」

「ああ……それは困るな」

リネットがお肉信者であることは、アイザックもよく知っている。何せリネットを雇っていた頃は、お腹いっぱい食べられることを契約条件に数えたほどだ。

だが、夜会の食事と平時の食事は違う。

基本的に立食の形をとるせいもあり、料理は手を汚さずに食べることができ、かつ一口でさらっといけるものが好まれる。いわゆる、前菜のような料理がほとんどだ。

そもそも、夜会で立食テーブルにばかりいる人物は〝社交下手〟として白い目で見られてしまうし、腰をコルセットで締めている女性客は、食事など苦しくてとれないだろう。

だが、そこは食に並々ならぬこだわりを持つリネットが主催する夜会。侍女たちの意見を取り入れて、女性が好む味付けやあまりお腹を圧迫しない料理を提供できるようにしたのだ。

「やっぱり年頃の女の子の意見は貴重でした！　おかげで、とても可愛い料理をお出しすることができそうです。味はもちろんですが、見た目の『良い』と感じる部分が職人さんとはまた違って、いい勉強になりましたよ。口を開けばお肉としか言わない私とは違いますね！」

うきうきと感想を伝えるリネットに、アイザックも興味深そうに頷いてくれる。

王城で出される料理はもちろんどれも素晴らしいが、芸術的な美しさと女の子が感じる『可愛い』は、似て非なるものなのだ。

「お城の料理人さんたちも、普段はあまり出さない料理を作れて、新鮮だったと言ってくれましたし。侍女たちにも夜会に参加してもらえて嬉しいです」

「そういえば、試食会は参加者がずいぶん多かったと聞いたな。てっきり、ミーナ繋がりで『梟』を呼んだのかと思っていたが」

「あ、彼らも呼びましたよ。食の細い女の子たちばかりだったので、試食が残らないように協力してもらいました」

「……そうか」

あまりにも気配のない『梟』たちに、正体を知らない侍女たちは少し驚いていたが、試食会が盛り上がったのは間違いない。ちゃんと全員に城勤めの制服を着てもらったので、問題はない……と思う。

無論、リネットと同じ貧乏なアディンセル伯爵領出身の彼らは、食事を残すなんてもったいないことは絶対にしない。それどころか、明日の本番で立食テーブルが利用されないようなら、残りも全て片付けると約束してくれた。

……喜んでいいのか微妙なところだが、料理を無駄にしない心意気は認めている。

「せっかくリネットが心を配ったんだ。立食テーブルも利用者が増えるといいな」

「そうだと嬉しいです。料理が余らなかったら、『梟』たちがガッカリしそうなので、ちょっと申し訳なくもあるんですけど」

「……残り物など狙わなくても、普通に食事を出しているはずだが」

困惑気味なアイザックに、リネットはあいまいに笑って返す。それはそれ、これはこれだ。

「あら、王太子妃殿下、浮かない顔ですわね。そのような辛気臭い表情で、主催が務まるとお思いかしら？」

そんなやりとりをしていれば、妙に意地の悪い指摘が聞こえてくる。

反射的に顔を上げると、リネットたちの進路の先に一組の紳士淑女が立っていた。

……否、紳士と女装した紳士だ。

「うわー、兄さんの女装久しぶりに見たわー」

「なんだよその言い方。新しいドレスだぞ、褒め称えろよ」

ふんと鼻を鳴らして長い茶髪をなびかせるのは、ちょうど話していた『梟』の頭領であり、リネットの実兄グレアムである。

彼の言う通り、今日は見たことのない藍色のドレスを身にまとっており、元々の美少女顔も相まってたいへん素晴らしい淑女っぷりだ。

「新しいドレスだなんて……自分で買ったの？」

「いえ、私が贈りました」

そして、彼をエスコートしているのは、義兄のレナルドだ。こちらはいつも通りの紺色の軍装だというのに、立ち方がきれいなおかげで王子様っぽさに拍車がかかっている。

「レナルド様が、どうして……」

「いやあ、当家にまつわる情報を色々とお願いしていたもので」

「グレアム、報酬がドレスでいいのか、お前」

当然の報酬だと微笑むレナルドに、アイザックは呆れた様子で若干引いている。

グレアムに女装での仕事を頼む時は、こちらから衣装や小物を提供しているはずなので、このドレスはほぼ彼の趣味だろう。

あるいは色合いから見ても、レナルドの女除けに協力するための装備なのか。

「似合うのは認めるけど、兄さん人前で絶対に脱がないでよ？　顔は美少女のくせに、体は普通に筋肉質なんだから」

「わかってるよ、オレも皆の夢は壊さないつもりだ。それよりリネット、警備付近の明かりをもう少し高い位置に変更できないか？　あれだと恐怖演出だぞ」

「恐怖？」

くいとグレアムが顎で示したのは、展示品の傍に控えさせている警備の軍人たちだ。当然鍛えているので、誰も彼もがたいがよく、背が高い者も多いのだが……。

（あ、本当だわ！　これは怖い）

そのせいで、用意した明かりが彼らの顔を下から照らしてしまっている。主役は展示品とはいえ、確かに恐怖演出になりかねない。

特に、グレアムよりも背の低い本当の女性たちは、ちょうど見上げる形でその顔を見なければならない。……だいぶ怖そうだ。

「指摘ありがとう。直してもらっておくわね」

「そうしてくれ。備品なら向こうにまだ余裕があったはずだ」

「最近幽霊騒動があったばかりですしね。それでは、私たちは別の箇所を見てきます」

にこにこと笑いながら、兄たちは軽く会釈をして去っていく。

どう見ても美男美女なのに、聞こえる声はどちらも低く、真面目に会場を検分していることも相まって、警備たちも若干困惑気味だ。

「久しぶりに見たが、喋らなければ女だと騙されそうだな」

「顔だけは可憐ですからね、兄さん」

女性にしては肩幅が広かったり、装飾で喉仏を誤魔化していたりと、よーく見ると違和感があるのだが、所作が淑女のそれなせいで気付かれないことのほうが多いのが現実だ。

「レナルドも嬉々として女除けに使いそうなところが困るな。あいつは一生独身でいるつもりなのか……」

「ま、まあまあ。男性は三十歳をすぎてから結婚される方も多いですし」

レナルドもレナルドで、グレアムを利用できる時は喜んですらいるのがアイザックは心配なようだ。狩人と化した令嬢たちから攻撃を受けていれば、気持ちはわからなくもないが……婚期が遅れそうなのはアイザックのせいでもあるため、気になるのだろう。

とはいえ、妊娠出産の負担を考えなければならない女性と比べて、男性の結婚はもっと遅くてもさほど問題はない。

特にレナルドは、筆頭貴族の跡継ぎなので多少老けても需要があるのだ。

「肉食系じゃない素敵なお嬢さんが、レナルド様にも見つかるといいですね」

「そうだな。公爵夫人から見合いの場を用意してくれと頼まれてもいるんだが、もう少し様子を見ることにしよう」

（公爵夫人……）

リネットが憧れる淑女の中の淑女も、息子の結婚は気にしているようだ。

まあ、きっとなるようになるだろう。売れ残る心配だけはないので、いつか来るめでたい日に向けて、リネットはお祝いの言葉を考えておくぐらいの心構えでいたいと思っている。

こういうことは、周囲が急(せ)かしてもいい結果にはならないものだ。

「ところで、グレアムはどうなんだ？　アディンセル伯爵領を継ぐだろう」

「兄さんも結婚願望は薄い感じですね。うちは『梟』さえ存続できれば、領地は返還してもいいぐらいの気持ちですし」

生家のアディンセル伯爵領は、辺境な上に猫の額(ひたい)程度の狭い土地だ。いっそ伯爵位を返上し、完全に諜報家業一本にするというような話も出ているらしい。

「個人的には、ミーナと結婚してくれても嬉しいんですけどね」

「それは、生まれる子どもが凄いことになりそうだな」

ミーナはグレアムと同じ歳で、兄妹とは幼馴染として共に育った関係だ。今も同じ部隊にいるのだし、正直リネットとしては、かなり有りな話だと思っている。

幼少から『梟』の英才教育を受けるとなれば、ロッドフォード最速伝説も更新されるかもしれない。それもまた面白そうだ。

「でもまあ、恋愛とか結婚とかは、本人に任せるべきかなと思ってます。急かしても仕方ないですし、私だって思わぬところからアイザック様にお会いできましたし」

「それもそうか。伯爵令嬢が掃除女中をしていたことは今も気がかりだが、こんな出会い方をして幸せを得られた俺たちは、運命としか言いようがないしな」

そっと寄り添えば、アイザックも嬉しそうにリネットにくっついてくる。

沢山の奇跡を積み重ねて愛を育んだ自分たちは、誰にも負けない恋をして結ばれた自信がある。これまでの出来事も、きっとこれから起こる出来事も。

これが運命でなければ、何だというのか。そんな風に思えるほどに。

「……おっと。そこにも政略を運命に変えた二人がいるな」

「政略？　あ……」

アイザックの視線を辿ると、別の展示品の前にまた一組の紳士淑女が立っている。

男性はアイザックによく似た燃えるような赤い髪で、その肩に寄り添っているのは、ふんわりとした青に近い黒髪の女性だ。

「シャノン様、マテウス様！」

リネットが声をかけると、二人ともパッとふり返ってくれる。顔に浮かぶのは、園遊会で見た時と同じ幸せそうな笑みだ。

前日の最終確認ということで、今夜はこの二人にも巡回に協力してもらっている。

「こんばんは、リネット様。素敵な夜会になりそうですね」

「ありがとうございます、シャノン様！　私一人で決めたわけではありませんが、楽しんでもらえたら嬉しいです」

二人のもとへ駆け寄れば、どちらも頬が上気しているように見える。試し歩きながら、展示品を楽しんでもらえているようだ。

（お二人が見ていたのは……ああ、これね）

そこにあった展示品は、木でできた百合の花だった。これは四代目の王が妃に求婚する時に贈ったものの一つらしく、木彫りには思えないほど繊細な彫刻である。

妃はこの花をガラスの花瓶に活けて、生涯飾り続けたといわれるロマン溢れる品だ。

「枯れない花を贈りたかったなんて、素敵な逸話ですよね」

「はい。自身の愛も決して枯れないとお伝えしたかったとか。初代騎士王陛下の剣が一番の目玉でしょうが、他にも心躍る展示品が多くて嬉しいです」

恋の話を好むシャノンに喜んでもらえたようで、リネットとしても嬉しい。そんな彼女を、マテウスも幸せそうに見つめている。

男性と同じぐらい女性も招いている夜会だからこそ、剣にはあまり興味がないという客層にも楽しんでもらえることを願いたい。

「そうだ、お二人は実際に歩いてみてどうでしたか？　見えにくい場所とかありましたら、遠慮なく教えていただけると嬉しいです」

「僕は、特には……」

「わたくしも。ああ、でも……そうですね」

シャノンが指摘したのは、会場のあちこちに用意している歓談席についてだ。盛装をしていると疲れやすいこともあり、位置についての指摘をしてくれる。

「わかりました。じゃあ、階段付近に席を移動してもらっておきます。あそこでしたら展示物の邪魔にもなりませんし、問題ないかと」

「ありがとうございます、リネット様」

彼女の提案を素直に受けたリネットに、シャノンはほっとしたように笑ってくれる。

あまり体の強くない彼女の意見は、招待客を労わるためにはとても貴重だ。同伴者も座席が近くにあれば、休憩の声をかけやすいだろう。

（やっぱり色んな方の意見を聞けるのはありがたいわ）

元野生児のリネットは自他ともに認める健脚の持ち主のため、どうしても視点が足りなかったりする。

今後もこうして、色々な人の意見を取り入れて動いていけたら、きっとより多くの人が楽しめる行事を開催できることだろう。

「ああでも……やはり、こういう場所にいると、つい考えてしまいます。マテウス様も、皆様にご覧いただけるように、専用の席を用意して会場にいていただくべきではないかと」

「……は？」

ところが、シャノンが口にしたいつもの暴走気味な発言に、残りの三人は固まってしまった。

「えっと、何故マテウス様を展示する方向に？」

「だって、リネット様。ご覧下さい。マテウス様は、会場に展示されている数多（あまた）の品物にも負けない輝きを放っていらっしゃいます。きっと夜会に参加される皆様も、マテウス様の美貌に足をとめることでしょう。こんな素晴らしい方を、わたくしのような一参加者のエスコート役におさめてしまうのは、皆様に申し訳なくて……」

（シャノン様、帰ってきて!?）

確かにマテウスは美形だが、展示品として扱うべきという発想はだいぶネジが飛んでいる。

老若男女（ろうにゃくなんにょ）が見惚（みと）れるという方向性でなら、むしろ儚（はかな）げな美少女のシャノン本人のほうが適切なほどだ。

……もしくは、園遊会で語っていた〝マテウスは天上人〟妄想が、彼女の中ではまだ続いているのかもしれない。だとしても、生物を展示したりしないが。

「輝き……？」

「アイク兄さん……あの、真に、受けないで……」

なお、今夜のマテウスは盛装をしていないため、顔の半分を前髪で覆っているいつもの姿だ。この彼を輝いていると評するのは、シャノンだけだろう。

「シャノン……僕は、君とが……いいな」

「まあ……！　嬉しいです、マテウス様。わたくしは世界一幸せな女ですわね」

埒が明かないと思ったのか、いつもより大きめの声でマテウスが答えると、シャノンの白い頬が真っ赤に染まっていく。

そのまま、ぺこぺこと頭を下げるマテウスに連れられて、シャノンは去っていった。リネットには予想外の展開となったが、二人が幸せそうならば結果としては大成功だ。

「時折、あの二人を結婚させていいものなのか迷うな」

「だ、大丈夫だと思いますよ。シャノン様の発言も、愛あるからこそですし」

どちらかといえば、愛しかないからあそこまで不思議な発言ができると思われる。マテウスもマテウスでシャノンのためなら頑張れる男性なので、きっと二人は上手くいくはずだ。

「東方の言葉で、ああいうのを『割れ鍋に綴じ蓋』とか言うのだったか」

「お鍋？　それは褒めているんでしょうか？」

「さあ？」

何にしても、会場の改善策をまた一つ教えてもらえたのは僥倖だ。

ちょうど近くにいた軍人たちにお願いをして、歓談と休憩用の席を階段の近くに移動してもらう。元々夜会は出会いと語らいが中心となるのだから、こういう細やかな気遣いはとても重要だ。

「俺が言うのも何だが、リネットの周りには不思議な連中が集まるな」

「そう、ですね」

再び二人きりになったアイザックとリネットは、ゆったりと腕を絡ませて会場を進んでいく。

明日は互いに招待客をもてなす立場になるため、こうしてくっついて夜会を楽しむことはできないとわかっている。

ならば明日の分まで、今夜はゆっくりと楽しんでおきたい。

「普通じゃないやつらばかりなのに、こうして上手くいっているのが面白い」

「普通じゃない方々のおかげで、こういう夜会を開けるのですよ」

「ああ、違いない」

こつんこつん、普通の淑女よりも少しだけ広い歩幅で、二人並んで歩く。

出会ったばかりの頃のアイザックは、リネットの歩幅に合わせてくれなくて、引っ張られたり首を心配したり大変だったな、なんて思いながら。

「明日も、明日以降も、色々ありそうだ」

「ええ、きっと」

ちらりと視線を動かせば、レナルドとグレアムがマテウスとシャノンに合流したらしい。女装が似合いすぎる兄に笑いつつも、四人とも楽しそうに会場について話している。

明日は参加してくれた皆が、ああして笑ってくれたらとても嬉しい。きっと、忘れられない夜会になる。

「色々ありますけど……二人一緒にいられるなら、何があっても幸せです」

「ああ、幸せだ」

二人で顔を見合わせると、どちらからともなく笑い出してしまう。

それから、あえて四人に背を向けて、またゆっくりと会場を進んでいく。

支えてくれる彼らに感謝しているのは本当だが、今だけは二人で、明日の分まで寄り添ってすごしたい。

彼らなら、リネットのそういう想いもわかってくれるはずだ。

満ちた月が見守る世界は、今夜だけは穏やかに更けていった。

あとがき

お久しぶりです、香月です。「にわか令嬢」シリーズまさかの八巻目、お手に取って下さり誠にありがとうございます！　少しでもお楽しみいただけたなら幸いです。

今回は再び国内が舞台。王城なら誰もが一度は考えてしまう幽霊騒動と、リネットの専属侍女決定編でございます。あとアイザック伝説がプラスワン。

ピンナップでいきなりオバケ&モザイクに『何事!?』と思われたかもしれませんが、ホラー要素は控えめでお送りしておりますのでご安心下さいませ。

執筆中の思い出は色々あるのですが、あとがきから先に読みますというご意見も拝見したので、こちらでのネタバレはなしでいきたいと思います。

盛装で歩くことすらままならなかった「にわか令嬢」の成長？　記録の本編をどうぞよろしくお願いいたします。

ここからは恒例ですが謝辞を。

いつもたいへんお世話になっている担当H様、今回も完成まで導いて下さり、本当にありがとうございました!!

何故か書いていると暗い方向へ走り出しがちなラブコメを、いつも軌道修正して下さる担当様のおかげで、八巻もなんとか落ち着きました。

また、改稿の際に『もっとイチャイチャしましょう！』というご指摘をいただけたおかげで、なんとか今巻も微糖ぐらいにはなれたと思います。糖分が足りない時にお届けしたいお話が目標なので、精進して参ります！

なお、担当様のご助力のおかげで、今回のコメディＭＶＰはシャノンです。マテウス強火担、楽しく執筆させていただきました。ありがとうございます！

イラストをご担当いただいたねぎしきょうこ先生。お忙しい中、今巻も素晴らしい芸術品をご提供下さり、誠にありがとうございました！

作者プロフィールでもコメントしておりますが、一巻と並べてみると明らかにリネットが成長しているのです……！　ちゃんと王太子妃の顔になってる！　と八冊並べて感動しておりました。そして、今回もピンナップはコメディ仕様と、このギャップの塩梅がもう最高です。

ねぎし先生の美麗絵あっての『にわか令嬢』シリーズ、毎回美麗イラストが心の支えでございます。本当にありがとうございます！

コミカライズをご担当いただいているアズマミドリ先生。原作シリーズが続けられたのは、アズマ先生の漫画のお力が本っ当に大きいです。

ゼロサムオンライン様にて大好評連載中&単行本も絶賛発売中ですので、もしまだお手に取っていらっしゃらないという読者様は、何とぞよろしくお願いいたします。ゼロサムオンライン様のみで読める番外編コミックもお見逃しなく！

その他にも、拙作の刊行を支えて下さった沢山の皆様、この本をお手に取って下さった貴方様。この場を借りて、心より御礼申し上げます!!

新生〝騎士王〟とちょっとだけ異端の王太子妃として最強エピソードを作り続ける夫婦。そして、二人を支える普通ではない人々の八冊目のお話。ぜひ貴方様のご意見ご感想をお聞かせいただければ幸いです。

あとがきというよりは半分宣伝になってしまいましたが、またどこかで貴方様とお会いできることを願っております。

剣の王国ロッドフォードより、愛をこめて。

IRIS
ICHIJINSHA

にわか令嬢(れいじょう)は王太子殿下(おうたいしでんか)の雇(やと)われ婚約者(こんやくしゃ)8

2021年5月1日　初版発行

著　者■香月 航

発行者■野内雅宏

発行所■株式会社一迅社
〒160-0022
東京都新宿区新宿3-1-13
京王新宿追分ビル5F
電話03-5312-7432（編集）
電話03-5312-6150（販売）

発売元：株式会社講談社
（講談社・一迅社）

印刷所・製本■大日本印刷株式会社

ＤＴＰ■株式会社三協美術

装　幀■世古口敦志・前川絵莉子
（coil）

ISBN978-4-7580-9356-9

この本を読んでのご意見
ご感想などをお寄せください。

おたよりの宛て先

〒160-0022
東京都新宿区新宿3-1-13
京王新宿追分ビル5F
株式会社一迅社　ノベル編集部
香月(かづき) 航(わたる) 先生・ねぎしきょうこ 先生

竜騎士のお気に入り
侍女はただいま兼務中
織川あさぎ
ASAGI ORIKAWA
伊藤明十
IRIS

人の姿の俺と狐姿の俺、どちらが好き？

『お狐様の異類婚姻譚 元旦那様に求婚されているところです』

著者・糸森 環
イラスト：凪かすみ

「嫁いできてくれ、雪緒。……花の褥の上で、俺を旦那にしてくれ」

幼い日に神隠しにあい、もののけたちの世界で薬屋をしている雪緒の元に現れたのは、元夫の八尾の白狐・白月。突然たずねてきた彼は、雪緒に復縁を求めてきて――⁉　ええ⁉　交際期間なしに結婚をして数ヶ月放置した後に、私、離縁されたはずなのですが……。薬屋の少女と大妖の白狐の青年の異類婚姻ラブファンタジー。